成為怪物的孩子們

李玉秀、姜美、鄭明燮、朱元圭、千誌允——著
簡郁璇——譯

괴물이 된 아이들

contents

目次

專家讚譽

這是一本大人也許不容易進入情節，卻會深深吸引時下孩子目光的書！

本書中的故事不僅營造了一個讓他們靜靜反思的空間，也讓孩子藉此洞悉青春成長路上的各種可能。

——K老師（柯書林）【資深校園臨床心理師】

看似張牙舞爪，內心卻比誰都更惶惑不安——這是許多青少年真正的樣貌。網路、暴力、界線、性、自我傷害……諸多沉重議題，讓大人也需要一個能與孩子談論的起點。

而這本書，或許就是這樣的存在。

——駱郁芬【臨床心理師／米露谷心理治療所所長】

臺灣讀者好評

這不只是虛構的故事，而是篇幅有限的新聞報導所無法傳達的真實。本書將讓我們明白，那些被視為怪物的孩子，都只是渴望被愛的普通人。

——于翎

本書讓人想起引發熱烈討論的影集《混沌少年時》，在細膩的日常描寫裡，一步步理解青少年「卡在中間的狀態」。非常推薦給教育工作者、家長，以及所有想要更加了解青少年的人們。

——鯛魚燒

這一本警醒之書，提醒我們：那些誤入歧途的孩子，並非天生就是「怪物」，而是在無聲中被現實一步步推向深淵。如果能更早看見他們的傷痛，如果社會能及時伸出接住他們的手，那麼也許他們無須成為怪物，而是能好好地，做回一個人。

——Mizuki

想死的孩子

李玉秀

青少年小說家。認為青少年是就算沒有節奏也能載歌載舞，即便置身黑暗也能發光發熱的燦爛之人。代表作品有《Kissing My Life》、《我是 K》、《糟透的一天並不存在》等。

1

我作了一個心情差到爆的夢。在被某人追殺一整晚，又從懸崖上墜落的恍惚感消逝前，我莫名其妙地突然飛奔去上學，可是跑了又跑也不見學校的影子，於是開始感到口乾舌燥。後來，我端詳自己沾滿血跡的雙手，驚恐地放聲尖叫。為了擺脫這個紊亂無章的故事，我告訴自己：「你現在是在作夢，你必須醒來，非醒來不可！」但在夢中我又作了別的夢，昏昏沉沉地陷了進去。我為了醒來而奮力掙扎著，好不容易才終於振作清醒。彷彿被狠狠揍了一頓的我筋疲力竭、喉頭發乾。我好想喝口水，於是努力將眼皮往上推，沒想到映入張開的瞳孔內的，是一顆黑色的後腦杓。

「你、你是誰？」

後腦杓轉過來，那人瞅了我一眼說：「我？我嘛……」

我不等對方回答，就用雙手使勁推開了有一絲光線從門縫溜進來的門扉。嘎嘰——隨著鈍重的聲響，彷彿被擋住去路的陽光如水柱般灑進房內。這時，角落傳來另一個聲音。

「啊，搞什麼啊？讓我睡吧……」

這又是怎樣？還暈頭轉向的我，正打算朝聲音傳來的方向轉身，角落的人卻一個箭步衝了過來，把我推開。

「什麼啊，這是什麼地方？」

我將那些陌生的聲音拋在後頭，一腳踹開另一頭的門跑了出去，那兩人也快步追在我的後頭。

眼前是大海，初升的朝日在蔚藍海面上蕩漾著紅光，海鷗嘎嘎鳴叫，成群結伴四處翱翔在無邊無際的大海。見到這全然陌生、完全想像不到的壯觀風景，我整個人愣住了，錯愕地張大嘴巴。

這時，從我們跑出來的方向，兩個年紀看起來跟我差不多的女生發出了高分貝的尖叫。留短髮的那個一臉鐵青，嘴脣抖個不停，結結巴巴地說：

「這、這是哪裡？」

站在她身旁的長髮女生也瞪大眼睛東張西望，接著走過來問我們：

「你們是誰？」

跟在我後頭出來、其中一個有自然鬈的男生雙手抱頭，整張臉皺成一團，好不容易才開口：「我……該不會被綁架了？」

「綁架？」

聽到鬈髮男的話，大夥不約而同地反問，有的一臉茫然，有的陷入極度恐慌，當場崩潰。

是誰幹的？又是為了什麼？

面對這無法理解的狀況，我呆站在原地，眼前是茫茫大海，身後是山。我回頭望向剛才跑出來的地方，一艘破舊的木船孤零零地佇立在那。

「這是一座島？」

「無人島？」

「無人島上卻有船？」

「海盜船嗎？」

其他人你一言我一語，臉色逐漸鐵青。我勉強打起精神，移動腳步到船邊想找到一些蛛絲馬跡。雖然大家都默不作聲，但或許是判斷採取行動還是比較有利，因此都緊跟在我後頭。我的雙腳顫抖，根本不知道該怎麼做，雙手也不聽使喚地抖個不停。

「哈囉，有人在嗎？」

我打開厚實的木門，竭力拉高音量，卻不見任何動靜。

「有沒有人在？請問有沒有人？」

我再度提高嗓音，同樣沒有回應。我小心翼翼地走進去，船隻構造比想像中單純，裡面空無一物，所以很乾淨。甲板底下有兩個船艙，往前走三四步有個狹窄的木梯。爬上階梯一看，是開闊的甲板。但即便在甲板上，也只有從海上呼呼吹來的風，連隻鼠輩都見不著。我再度走下階梯，回到船艙。地板和窗戶都是木製的，但這艘船大概閒置多時，木頭已經泛白，樹瘤之間也有些腐朽發黑。空蕩蕩的船艙猶如一個木製的方形箱子。

才沒多久之前，我們在這裡睜開眼睛……究竟發生了什麼事？這是哪裡，我為什麼在這？我努力整頓思緒、摸索著記憶，突然驚嚇得趕緊伸手掏了掏T恤的口袋。指尖摸到了平滑的紙張觸感，我的手頓時彷彿觸電般感到一陣酥麻。

是啊，我在自動鉛筆的筆芯上加重力道，寫了一字又一字。我抱著悲壯的覺悟寫下最後的遺言，心境卻平靜地難以置信。我是否在寫下最後一行「永別了」的那一刻，落下了一滴淚呢？我也搞不清楚了，只覺得胸口似乎破了個洞，那個洞口朝著四面八方不斷拓寬，而在那洞口內，我短暫的魯蛇人生猶如開展的全景圖般浮現。媽媽、爸爸、哥哥，你們好好活著吧，我替你們終結我這窩囊的人生……深沉的絕望與孤獨，那時是否令我的胸口感到陣陣刺痛？不，我好像只是輕呵一聲，發出了苦笑……呵。

「你現在是在笑嗎？」

我八成是不自覺地笑出聲了，鬈髮男旁邊的翹髮男直勾勾地盯著我，語氣十分尖酸挑釁。

「哦，嗯。」

見我含糊應付，這傢伙的眼神更加尖銳了，彷彿下一秒就要撲過來似的。他湊近一步，像在審問犯人般追問：

「喂，你知道什麼吧？」

「什麼？」

「這是什麼地方？還有，為什麼要綁架我們？」

「不知道。」我露出惡狠狠的眼神，態度冰冷地打斷他。

瘋子。我費了好大的勁才把即將脫口而出的粗話吞了回去，但這傢伙依然狐疑地偷瞄個不停。其他人也不減對彼此的戒心，個個目露懷疑掃過彼此。陽光毫不留情地潑灑而入，孩子們嘰哩呱啦地各自胡言亂語，就在船艙內的熱氣即將爆炸之際，原本抓著頭、埋進雙腿之間的鬈髮男猛地抬頭大叫：

「啊，到底是怎樣！為什麼會沒有手機！」

手機？對耶，我的手機。之前我為了要不要把手機放進口袋苦惱了許久，放進去又拿出來，天人交戰了好一會兒。要是往下跳時摔壞了手機怎麼辦？在令人窒息的日常偶爾成為我的藏身處，無論好的壞的，都儲存了我的記憶碎片的手機。是啊，沒必要跟我一起走吧，至少你要倖存下來，我就揮揮衣袖獨自離去吧。最後，我刪除了不能讓外人看見的部分，以及那些一來一往的垃圾話，整理了幾個沒用的APP後，將手機收進書桌的第一個抽屜。

接著……我搭上電梯，看著寫在緊急出口左側的綠色數字「25」，走出電梯。二十五樓，打開頂樓的門走出去之前，我是否站在最後一格階梯上呆望著前方？或是雙臂抱頭，蹲在地上閉上了眼？在我把對過往歲月的留戀關進絕望中的某一刻，眼前變得恍惚，身體飄到了空中，意識彷彿罩上一層迷霧，逐漸離我遠去。對了，我的記憶膠卷就是在這裡斷掉的。那麼，我是在二十五樓的階梯上被綁架的。為什麼偏偏在我打算自行告別這令人不爽至極的世界時，偏偏在那一刻……

2

「我們不是應該先躲起來嗎？全聚在這裡，之後要是……」

「對啊，逃跑吧。」

鬈髮男和翹髮男顯得很志同道合，我則帶著自暴自棄的心情搖搖頭。

「你們要走就走吧，我要……」

死在這。這幾個字被我吞了下去。長髮女生也默不吭聲，接著是一段短暫的沉默。鬈髮男和翹髮男互相使了個眼色，一起走了出去。是啊，想活命的話就逃吧，逃得遠遠的。

剩下的兩個孩子和我繼續偷瞄彼此，緊張和恐懼導致全身逐漸僵硬。過了好一段時間後，兩個男生又大汗涔涔地回來了。

「這是座島，根本無處可逃，反正……」

鬈髮男含糊地說完，靠著一個角落坐了下來。翹髮男也一語不發地將頭靠在牆上，閉上了眼。

關上厚實的木窗，這裡就成了窒息的漆黑地獄，但若打開門，太陽光束又熱得逼死人。為了躲避炙熱的高溫，其他人將門開開關關，在極度的恐懼中咬緊牙關與熱氣搏鬥。看著他們，我也不自覺地起了好勝之心。

真想殺了那顆太陽！

雖然無法和身分不明的綁架犯大打一架，倒是想跟那顆狂妄的太陽一較高下。我拖著蹣跚的腳步來到海邊，橫眉瞪眼，以大字形躺在沙灘上。果然強悍的孤狼才是無敵的。太陽以光與熱殘忍攻擊只穿棉短褲和T恤的我，彷彿被烈火炙燒著。是啊，殺了我吧，現在死了正合我意，拜託殺了我吧。只有我死了，這個世界批評我、無視我、嘲笑我、壓迫我的一切，還有這令人痛恨的熱氣才會了結。太陽啊，要是你不夠狠心，就等我要了你的命。

「啊啊啊啊，啊！」

是啊，毫無慈悲、肆無忌憚、絕不讓步地徹底取走我的身體，將我碎屍萬段後一舉燒毀吧。這個渺小的人類是能做什麼呢？我能做的就只有不自量力的反抗和暗自嗚咽罷了。就算我這樣發癲似的扭動身軀也無濟於事，是白費力氣，不行就是不行！

「啊、啊，啊啊啊！」

我的喉頭乾燥欲裂，口腔內像含了沙似的乾燥粗糙，皮膚也逐漸紅腫。被壓抑多時的嘴巴和耳朵終於打開開關，爆出沙啞的吶喊。眼眶兩側湧出淚水，飛濺的淚珠流過胸口的邊緣，某種程度上來說甚至引起涼爽的痛快感。

「喂，夠了，到此為止吧。」

有人一把抓住我的手臂，我睜開眼睛。鬈髮男的身軀在我頭頂投下影子。

「起來吧，趕快起來，再這樣下去你會死的。」他大喊。

這傢伙將我從沙地上拉起。好，我認輸了！說實在的，我沒有信心能再繼續承受被陽光灼燒的痛苦。憑我的力量完全沒辦法掐斷太陽的咽喉。我再度落敗。沒關係，反正我就是個失敗者，落魄的戰敗者！

我任由鬈髮男拉著我，踉踉蹌蹌地往前走。這傢伙將我帶回船艙，讓我靠在角落，又一個箭步跑了出去，手上拿了水瓶回來。

「來，這是水。」

咕嘟咕嘟，我將整瓶水瞬間往喉頭灌下。一瓶水帶來了奇蹟，命在旦夕的細胞找回了活力，我終於喘過氣來了。謝了，哪怕我死了，也必定會記得此時你蒼白的微笑和這瓶水。我突然感到頭暈目眩，眼前一片空白。

我似乎短暫失去了意識。睜開眼睛時，其他孩子都圍在我身邊端詳我的狀態。鬈髮男瞪圓了眼睛，從上方俯瞰著我。

「喂，你沒事吧？」

我難為情地點點頭。這時，長髮女生神經質地開嗆：

「喂，站在互助的立場上，就不要意氣用事了吧。你以為有誰不想死嗎？」

我濕成一片的上衣不知何時被換成了毛巾，包覆住臉和胸口。是你們救了我啊。我突然一陣鼻酸，刻意轉過身躺著。活著算什麼？它就是這麼令人感激涕零的事啊。難以言喻的各種情感頓時交織在一塊。我悄悄起身穿上了溼透的衣服，再也不想當個病懨懨的患者，給他人帶來困擾。見我搖搖晃晃地起身，鬈髮男踩著小碎步跟在我後頭，他帶我來到階梯下方，那裡有一道小門，打開門後是個昏暗的倉庫。這傢伙在倉庫內摸索了一會兒，迅速地取出一瓶水。

「你要喝嗎？雖然已經過了保存期限。」

見我點頭，他轉開瓶蓋將水遞給我。我再次將整瓶水往嘴裡倒，看到我這副模樣，鬈髮男又從倉庫拿出食物罐頭。

「這個也過期很久了，要吃嗎？」

我搖搖頭，鬈髮男一臉難為情地將罐頭丟回倉庫內。我的胃突然一陣翻攪，噁心感一湧而上，於是連忙摀住嘴巴，往外頭衝出去，在沙灘旁的雜草堆上大吐特吐起來。清空胃腸後，我頓時感到飢腸轆轆，暗自思忖著要不要吃那個過期的食物罐頭，不自覺地露出苦笑。

「都要死的人了還吃什麼……」

外頭的太陽依舊如惡魔般持續猛撲，鬈髮男在後頭看著這一幕，將手放在我的腰際，推我進入船內。我甩開他的手，拘謹地坐在門邊。

這時，長髮女生以刁鑽的口吻說：「喂，大家要這樣坐以待斃嗎？要逃離這裡的話，得想想辦法啊。」

大家愣愣地你看我、我看你，誰也沒開口。又過了許久，短髮女生才一邊用手捲著自己的劉海，一邊看著長髮女生：

「不過，妳是誰呀？我的意思是，如果要討論，好像得先認識彼此……說真的，我們連彼此叫什麼、住在哪都不知道耶。」

「關於個人情報，我無可奉告。住家、學校、年紀、其他什麼的，現在就連想那種事都讓人頭痛。就連姓名也……反正就如你們看到的，我是個沒什麼特別之處、平凡到不行的高中生。」

長髮女生說得決絕，短髮女生也突然哭喪著一張臉，認同地點點頭。

「對啊，我也是個再普通不過的高中生……我……我們會不會成了丸太[1]？」短髮女生淚眼汪汪地望著大家。

長髮女生皺起眉頭，一臉荒謬的表情。

「就是活體實驗啊，如果不是那樣，也沒必要綁架我們，把我們關在這種島上啊。一定是這樣，有人想把我們當成丸太使用，才綁架我們。說不定現在就正盯著我們呢，觀察要把哪個孩子用在哪個實驗上。」

聽短髮女生發表這種推測性言論後，大家一言不發地開始起身掃視每個角落，卻沒發現任何像是監視器的東西。

「又或者是祕密地下組織，器官走私集團？」

聽到短髮女生不識相地繼續丟出疑問，翹髮男不耐煩地轉過身坐著。我則因為尿急，悄悄地來到外頭。這裡沒有洗手間，所以只能隨便朝著大海解放。我穿越波浪，徑直往前走，涼爽的波浪貼著猶如熟透般通紅的雙腿。大海波濤洶湧，再稍微往前走

1 「丸太」為二戰時期，日本七三一部隊對活體實驗受害者的蔑稱。

一些，海水轉眼就會湧上胸口，甚至淹到喉頭。我驀然有種感覺，要是再走個幾步可能就會送命。要是就這樣淹死呢？想到這裡，背脊頓時生出一股寒意。原來我有這麼害怕死亡？我曾想過，不，我曾下定決心尋死，而死亡也始終在我身旁徘徊。是因為時空變了，所以我對死亡也開始心生恐懼了嗎？

我張開雙臂，將身體託付給大海，憋住氣。要是在這四下無人的海邊死去，我的死就無人知曉了。這樣不行，至少我的家人必須知道我死了。必須鏤刻下我來過這塊土地的痕跡，好讓他們的良心過意不去，好讓爸爸、媽媽、哥哥將我的名字好好珍藏在心中。

我翻了個身，張開雙臂，靜靜俯瞰大海的內在紋理。一道道戲水的光束撥弄著大海的肌膚，無數魚群和水草隨著水的紋路搖曳擺動。那是大海的呼吸，在起伏不定的呼吸中所見的一切均顯得新奇。大大小小的魚兒五顏六色地爭奇鬥豔，水草或紅或綠、沉靜地搖曳擺動，還有撞上大大小小的岩石後、不斷盤旋的水珠泡沫，全都看得一清二楚。我不禁想，也不過爾爾嘛，這樣死、那樣死還不都一樣。連名帶姓三個字又算什麼？乾脆就在這陌生的地方，如同那浪花般不留痕跡地消失，好像也不壞。但若我此刻斷氣，屍身在水面上漂浮，那麼無數魚兒就會朝我的身軀張牙舞爪地撲來，朝我發青浮腫的身體大快朵頤吧？一想到這，又不由得瑟瑟發抖。

3

我還是第一次知道，一天的日頭是如此漫長。

烈陽至今仍像要殺人滅口般來勢洶洶，讓人無處可躲。那該死的陽光會把我晒成慘白的屍乾的。就算我再怎麼心懷憎恨、橫眉怒視，陽光也只會殘忍地刺痛我的瞳孔，絲毫沒有心軟的意思。

喉頭乾得像要燒起來。水，要是現在能給我一滴清涼的水，就算要我出賣靈魂我也願意。往山上去吧，到了那裡，說不定能找到山泉水。我起身往山上走，一邊撥開雜草叢生、滿是荊棘的前路。我打算在無路可走的地方摸索前進，但被熱氣燙熟的雙腿和手臂又被尖刺與雜草畫過，頓時灼痛無比。我折下一根樹枝替自己四處闢路，緩緩前行。坐在枝頭上的幾隻山中鳥兒被嚇得振翅飛起，間或能聽見草蟲的鳴叫聲傳來。儘管如此，這個地方仍顯得靜謐又寂寥。越往山上走，被汗水浸溼的衣服纏住了身體，全身如熔爐般熱得發燙。

嘩啦嘩啦，我聽見了流水聲，頓時眼睛發亮，連滾帶爬地跑了過去，忘神地暢飲潺潺流水。喝了水後，總算有了點精神。我再度踏上山路，終於來到山頂，四面八方無遮蔽的視野頓時盡入眼底。環顧左右，全是無邊無際的大海，這裡果真是浮在大海中央的一座小島。就算我擦亮眼睛左看右看，也沒有半點人跡。我被困在這裡動彈不得，似乎沒有任何方法能穿越大海，逃離這座島。不知為何，相較於恐懼，我更覺得大快人心。還有什麼好怕的？這裡是離家、離學校千里之遙的小島，沒有那些令我喘不過氣的東西，不是很好嗎？我曾經多渴望逃到這種地方來啊。不就是因為無處可逃，才打算了結一切嗎？雖然這並非出自我的選擇，也不曉得綁架犯有什麼企圖，但我終於來到了這裡。無數想法如線團般纏繞又鬆開，鬆了又纏住。

不知道過了多久，水平線終於在一天的尾端開始染上色彩。那該死的太陽，即便死到臨頭，也依然將鮮紅的血液潑灑在整片大海上。能感受到大海概括承受殷紅的血後，海水啪噠啪噠、拍打不止所傳來的痛苦與刺麻感。我聽見了海鷗的喧嘩。原來你們今天也吃了不少苦頭啊。再忍一會兒吧，馬上就能見到那紅通通的玩意投身進深沉的墨藍世界，為一天的所作所為贖罪了。

我再次回到船上，其他人依然擠在一塊，不安地發著抖。大家聚在角落，彷彿被困於透明薄膜內無聲搖擺的樣子，看起來就像幽靈。夜幕落下後，終於能將木窗徹底敞開了。月光丈量好窗戶的寬度，不多也不少地照射進來，而我不動聲色地觀察起其他人。

在這群人之中，看起來算是堅強的要屬翹髮男了。高個子、清爽的額頭和一對濃眉，底下是炯炯有神的雙眼、黑乎乎的落腮鬍及突出的顴骨，使他看起來有些固執與暴躁，而短T下的倒三角形身材與結實的肌肉，可以判斷他應該做了不少運動。但他的大拇指習慣性地動來動去，透露出狀態的不穩定。

救了我的鬈髮男雖然個子小、身材瘦削，但有張圓臉和直挺挺的鼻梁，是隨處可見的親切長相。他戴著閃閃發亮的寶石項鍊，穿著貼身內搭褲、長版襯衫及運動鞋，看得出他花了不少心思在外貌上。雖然他有看人時會有伸長脖子、瞪大眼睛的習慣，但眼神透露的機靈淘氣，還滿和善溫暖。

短髮女生臉圓嘟嘟的，五官玲瓏可愛，她卻怎樣也不肯放過自己的劉海，不斷把手當成梳子順頭髮，可是髮絲卻總是不聽話地翹起。因為怎麼弄都沒辦法稱心如意，她一下氣呼呼，一下又嘟噥個不停，擦拭淚水的模樣顯得楚楚可憐。

看起來十分神經質，眉頭間簡直要生出永久皺紋的長髮女生，個子高䠷，有張小巧的臉和濃密的眉毛。身穿牛仔褲和白T恤的身材顯得很瘦弱，眼睛往下睥睨別人時，流露出冷冰冰的氣息，尤其是她噘起嘴、盯著別人看的樣子，總是充滿了敵意。

那些孩子們是誰？生長在什麼樣的家庭？他們也跟我一樣痛苦嗎？也對，活在這個令人不爽的國家，哪個孩子不痛苦？活下去的意思代表什麼？在名為時間的模糊概念下，沒有任何東西可以留下。過去既看不見也摸不著。萬一我們能在某個地方將過往的時間攤開來，或將它們捏成雪球般堆疊的話，想必會是一望無邊、高入天際吧。

然而綿延不斷的時間將一切帶走了，既不能攤開來放，也無法將它們凝結起來。為了這些終究會消失的東西，我們為什麼要活得這麼痛苦？不管現在這是哪裡，是誰綁架了我們，是生是死又有什麼關係？反正到頭來也都會被名為時間的怪物獵食、消失不見啊。是啊，想殺就殺吧，管他是活體實驗還是祕密組織要摘除器官，就算把我大卸八塊，不過也就是一死。暗自咒罵一頓之後，悲壯之情油然而生，恐懼感也跟著消逝了。只不過熱氣灼燒皮膚、被尖刺掃過並扎傷時，身體會滿目瘡痍、痛苦難熬罷了。

「媽的，到底是要放著我們到什麼時候？要殺要剮，趕快做個了斷！」斜靠在窗邊的翹髮男突然如垂死掙扎般地勃然大怒，大家都嚇得紛紛抬起頭。

鬈髮男喃喃地說：「算了，反正這輩子已經完蛋了，假如還有下輩子……爛透了，一切都他媽的爛透了，我才不要有下輩子，去他的。」

「瘋了嗎？要是可以自己選出生地點，幹麼要活在這個爛到不行的世界。」長髮女生冷冷地道。

鬈髮男壓低音量，搖搖頭，「妳說得對，我絕對、絕對不要出生，永遠都不要。說真的，除了幼稚園時期，我的人生從來就沒有一天是好過的。糟透了，不，根本是地獄，每天都彷彿生不如死的地獄。但就算這樣，我也不是真心想尋死，我只是不想活罷了。是因為太痛苦、活不下去了，才會走上絕路……別無他法了啊。可是，知道大人看到我布滿刀痕的手腕後說什麼嗎？他們說我像怪物。沒錯，我是半人半獸，可能真的是怪物呢，呵呵。」

這傢伙乾笑兩聲，彷彿在唸劇本般繼續說：

「有一次我氣急敗壞地衝上去說：『一起死吧！』可是仔細想想，也沒必要一起去陰間地府啊。就算下地獄，感覺也只會受煎熬。所以我就決定一個人安靜地一走了之……可是這是在搞什麼嘛，竟然被帶到這，連死也無法稱心如意。」

這傢伙語無倫次的聲音中，帶著飽滿的水氣。

「不久前那小子……我那個先走一步的朋友傳訊息給我，說如今自己就像重獲自由，從來沒有這麼輕鬆……媽的，這王八蛋，他裝作若無其事，一臉笑咪咪的，結果自己卻先走了，有夠卑鄙。」

鬈髮男話音剛落，長髮女生一臉錯愕，眼尾也跟著拉高，接著她壓低音量問道：

「該不會……我們全都打算自殺吧？」

大家你看我、我看你，個個都點頭承認。幽暗的靜默多了一抹濃厚的沉重，連空氣也跟著悄悄沉澱。長髮女生以共享祕密似的口吻指著翹髮男：

「你也是？你是什麼時候？」

翹髮男回答的語氣比想像中更冷靜。

「來這裡之前。」

「我也是，就在那一天。」

「我也是耶。」

聽到其他人的告白，我不由得暗自打起哆嗦，這下終於找到了共同點。但是，媽的，這種事有什麼好高興的？對這種事感到神奇的我真教人作嘔，一股噁心感衝了上來。

「理由呢？我是因為成績。」

「我也是。」

「比起成績，我更討厭被比較……到頭來還是跟成績有關嗎？」

「方法呢？我是頂樓。」鬈髮男左顧右盼了一下，彷彿生怕被人聽見的樣子。

「我也是頂樓。」

「我是動脈，我都弄在手腕上。」

鬈髮男舉起手臂，讓我們看那上面的傷痕。可能因為已經畫過好幾次，所以在月光照耀下也能看到或粗或細、密密麻麻的傷痕。就是因為這樣，他才會在這大熱天還穿長袖啊。

總之，現在大家都收起了微不足道的自尊心，慢慢顯現出真實的樣子。雖然悲痛，但因為有同病相憐的感覺，我們幾個應該會聊得來吧。我如此想著，不由得露出苦笑。

「不過，為什麼要把我們這樣的人帶到這裡？這又是怎麼選出來的？你們有留下什麼嗎？在電腦或手機上？」

聽到長髮女生這麼問，翹髮男沉思後緩緩開口：「一定有，光是死亡的方法我就搜尋了好幾次……我還留言向一起參加體大入學考試的同學道別，整理了過去隨意亂寫的部落格。總之，一定有跡可循。」

「我也差不多，會不會是什麼大數據或演算法？」鬈髮男帶著贊同的眼神附和。

翹髮男自暴自棄地低語：「總之，結論就是我們會死在這無人島上。宣告完蛋的人生，我們是中了被帶到遠方去做報廢處理的圈套。」

原本企圖自殺的同志們正紛紛拼湊出事實並各自做出結論，我卻因為皮膚發癢灼痛到快瘋掉，最後實在受不了了，猛抓個不停，結果不僅抓破了皮，指頭也沾滿了血。我覺得給其他人看到會很難為情，一直試著忍耐，但痛苦的呻吟聲還是從齒縫間溜了出去。

「他好像很痛，要不要幫幫他？」

鬈髮男於心不忍，翹髮男卻毫不留情地擊中我的要害。

「喂，看來你不能死了。你本來是打算從頂樓跳下去吧？聽說從頂樓掉下去超痛的。雖然不知道是真是假，但據說墜落的瞬間會後悔莫及。掉下去後不是馬上掛掉，而是會先感受到頭顱碎裂、肋骨斷掉的痛苦後才死去，聽說真的超級痛苦耶。」

長髮女生一臉不以為然，朝翹髮男說了一句：「那你咧？」

「所以我本來也沒選跳樓，而是打算去漢江投河。」

聽到翹髮男的回答，鬈髮男忍不住噗哧笑了出來，插嘴說：「教室裡聊的話題真的都出現在這了耶。最近漢江的水冰嗎？有沒有人帶繩索來？煤磚一塊八百元，很適合拿來自殺。我看不要啦，就跟我一樣啊，在溫暖的浴缸裡咻——溜下去就好了。不錯吧？」

啊，這臭小子，到底是白目還是瘋了，竟然把大家一起死當成笑話般大放厥詞。我正氣憤地打算說些什麼，翹髮男倒是率先發火。

「閉嘴啦，你當死是兒戲嗎？」

「你少命令我，真讓人不爽。」

鬈髮男的語氣中隱約帶著威脅，空氣中頓時有股尷尬的沉默流過。

「啊，肚子真的好餓。」

「我也好餓，雖然終究要死，但也不想餓死。」

「餓死好像反而沒那麼痛苦耶。」

「最好是啦，不是說人若是餓到翻白眼，連屍體也會抓來啃嗎？聽說遇上船難就是這樣，是真實故事喔。」

「要是啃食屍體，不會有罪惡感之類的嗎？」

「一定會以為了活命為由脫罪啊。」

聽到其他人長吁短嘆，剛才看到的那些食物罐頭忽地在我眼前晃來晃去。

「喂，我們別在這哎聲嘆氣了，要不去吃個過期的食物罐頭？」

聽到鬈髮男的提議，大家爭先恐後地全站起來，一窩蜂跑了出去。我也連忙起身，很卑微地拖著蹣跚的步伐前往倉庫。

4

夜幕甫落下，原先為了躲避太陽而縮成一團的孩子們全醒了過來。翹髮男踉踉蹌蹌地走到外頭，其他人也接連走了出去。我看著其他人如影子般靜悄悄移動，自己卻一動也不動地躺著。我豎起耳朵，洶湧的波浪聲持續拍打單調的節奏，間或還能聽見那些孩子們震破鼓膜的吶喊。那是從壓迫的世界獲得解放、逃離會把人烤焦的太陽後所唱的自由之歌嗎？這寒酸悲慘的自由也稱得上是自由嗎？

回顧我的人生，自由頂多只到小學。成為國中生、將成績單拿在手上的瞬間，我的自由就徹底被阻斷。儘管我奮力掙扎、拚命背了又背，交出亮眼的成績單，以為一切都能獲得饒恕，但要是沒做到，爸媽就會時時拿我跟表現優異的哥哥比較，不留情面地踐踏我的自尊。視我為無用蟲子的哥哥，對兒子的表現不滿意就暴力相向的爸爸，嚴密監控我一舉一動的媽媽，還有在蔑視與自卑感作祟下，越顯渺小的我。是啊，這是自由，即便寒酸悲慘，就算不知道能享受到什麼時候，自由仍是自由。

「啊啊啊啊啊！」

外頭傳來死到臨頭的野獸般淒慘的悲鳴。該來的終究還是來了啊。我像在表演空中雜耍般縱身跳起，躡手躡腳地走到外頭，發現好幾個人的慘叫聲此起彼落，不見停歇。究竟發生了什麼事？看來綁架犯的殺戮總算開始了。我連忙藏身在船影處，以目光追尋聲音的來源。

映照在月光下的黑影，海邊有三個，遠處的大海裡有一個，但無論我怎麼找都不見其他人影。就在此時，一個在大海那側高舉雙臂的腦袋逐漸被大海淹沒。啊，有危險，大海的地勢陡峭，要是再淹上來一些就沒命了。我想都沒想就衝了過去，猶如衝鋒陷陣的士兵般劈波斬浪，游到前方。好不容易來到那顆頭的眼前，不由分說地伸出手，緊緊抓住對方的肩膀並往上拉。

「喂，很危險！趕快回去！」

我定睛一看，是長髮女生。

她猛地轉過頭，惡狠狠地大吼：「一起死，大家一起死！死了不就好了嗎？」

在彷彿一口就能將人吞噬的暗黑浪濤中，長髮女生逐漸泛白的臉孔載浮載沉，在我眼前交錯成一幅非現實的畫面。恐懼讓我的眼前一片發白。這時，一對猶如野獸般發出凶殘紅光的眼睛——實在難以相信那是人類的眼睛——彷彿下詛咒般盯著我。盛火燃燒的紅眼彷彿下一秒就要將我吞噬，在極度的恐懼下，我也不自覺地鬆開了手。

「殺了我！殺我！」長髮女生抓著我的胸口撕扯，厲聲哭喊：「死了不就解脫了嗎？我要死！」

就在聲音中斷的那一刻，長髮女生的身影緩緩沒入大海，水面上飄散的髮絲張成一面黑網。我下意識地將髮絲划開，拉住長髮女生的後頸。長髮女生左右擺動身軀，拚了命想把我甩掉。水面升得更高了，呼吸急促得就像要炸開似的，但我加重了抓住長髮女生的力道。噗、噗，長髮女生連連吐出兩口水，浮上了水面又下沉，如此反覆。

「不可以！」

我用雙臂圈住長髮女生的脖子，費了好大的力氣將她往上提。就在那一刻，長髮女生猛然睜開眼睛瞪著我。

「放手、放手！」

「不行，求求妳！」我也不自覺地哭喊出聲。

即便我苦苦哀求，長髮女生仍不為所動，扭動著身體想甩掉我。兩人也不知道這樣拉扯了多久，最後長髮女生癱軟在我懷中，傷心地哭了起來。我抱著長髮女生來到沙灘上，讓不停滴水的她躺下，替她將掩住臉蛋的髮絲往旁邊撥。映照在月光下的白皙臉蛋像在裝睡，閉著雙眼的長髮女生彷彿下一秒就會大笑著起身，說自己是在惡作劇。是啊，一個極其平凡的渺小人類就躺在這，身上滿是十多年短暫人生的傷痕與痛楚，但終究未能獲得任何安慰的瘦弱孩子。我靜靜地握住長髮女生冰冷的手，心想若是能將我微弱的體溫分給她……

原本張牙舞爪地發出怪叫的三個孩子，也不知不覺地趴在沙灘上，撕心裂肺地放聲大哭，時而發狂般的吼叫。是啊，他們是在嘶吼，說他們想活命，祈求有人來救他們。嘶吼，是因為無論他們如何苦苦哀求，也不見這個無情的世界有誰伸出援手，是因為這個卑劣的世界單憑成績，就將人分成一、二、三、四、五、六、七、八、九個等級。是啊，在這陌生之地，好歹我們也試著嘶吼一回吧。雖然不知何時能結束嘶吼，但如今已無所畏懼了。即便帶著一雙灼燒的紅眼拚命掙扎、嘶吼，墨藍的大海也會默默地一概承受。

5

太陽依然燒得火紅。

徹夜被蚊子叮咬的孩子們哭喪著一張臉，口乾舌燥又餓得要命，竟然還得忍受難忍之癢與刺痛。就算把全身抓到都見血，也沒帶來半點痛快感。要是沒有那毫無慈悲的陽光，至少還能到沙灘上滾一滾。某部小說中的主角說陽光滾燙到要殺人的形容，此時倒是百分之百心領神會了。

「要不要找找有沒有水或剩下的食物罐頭？」整張臉已經被叮到像蜂窩的鬈髮男一邊用指甲壓印浮腫處，一邊起身。

「說好，可不能自己獨吞。」

聽到翹髮男的警告，鬈髮男貌似不快地瞅了他一眼，接著走了出去。過了許久，鬈髮男提回來的是過期的兩瓶水和五個玉米罐頭。
「綁架犯八成是想餓死我們。是有缺餓死的屍體嗎？」
鬈髮男喃喃自語，同時有氣無力地將水和罐頭擱在地上。看到水的瞬間，我把約定忘得一乾二淨，出自本能就伸出了手。
「喂！」長髮女生瞪著我喝斥。
我連忙將手收了回來。昨天大家各打開一個罐頭狼吞虎嚥，接著眼饞地盯著下個罐頭時，長髮女生提議，往後不管是什麼都要一起分著吃。
「來，先從水開始，每個人輪流喝一口。」鬈髮男拿起一瓶水說道。
長髮和短髮女生一起身，大家便把堆放在船艙中央的樹枝清空。這是因應睡覺時不知道會發生什麼事，所以我們說好大夥兒睡在一起，並用樹枝畫出男女生的分界。
「妳先喝。」
鬈髮男將水瓶遞給長髮女生，這時短髮女生提議留下一瓶，先拿一瓶分著喝。鬈髮男率先喝水，大家全都屏著氣盯著他。當水瓶從這隻手傳到另一隻手，最後輪到我時，水已經幾乎見底。我心生不滿，一股怒氣湧上，目光也不由自主地移向剩下的那瓶水。鬈髮男見狀，趕緊將水瓶藏到自己背後。感受到一滴水的重要性，我的胸口頓時一陣酸楚。

「我們先採取行動吧，總不能在這裡傻傻等著不知何時會現身的綁架犯，還是先到山上找點什麼吧。」

聽到長髮女生如此提議，大家分別吃掉作為最後一頓晚餐的罐頭，接著往山上去。我們在半山腰時以二對三分成兩組，我和鬈髮男一組，兩個女生則和翹髮男同行。

「別忘了，只要找到吃的就要一起分享。」翹髮男轉過身再次提醒。

陽光化為尖刺，不講情面地在傷口上扎了又扎。發癢處被抓得開始流出膿水。不騙人，癢到想殺人的說法似乎就是用在這種時候。來到半山腰時，我實在沒辦法再忍下去，於是蹲坐在樹下。鬈髮男也一言不發地坐在我身旁，捏捏我的臉與手臂，或握拳輕敲，時而再替我撓一撓。也不知道為什麼，我突然悲從中來，淚水不停奪眶而出。我用力揉了揉眼睛，抬頭望著天空，要是仰天吼個幾聲，是不是會好過一些？

「喂，那是什麼？」

鬈髮男撞了一下我的膝蓋，指著一棵綠葉隨風飄揚的樹。就在我以拳頭按壓眼眶殘留的淚水時，鬈髮男已經快步跑了過去，摘了暗紅色的果實回來。是長在山桑樹上的桑葚，我以前去外婆家時吃過。我連滾帶爬地跑過去，緊緊巴著山桑樹不放。那果實香甜到令人心蕩神迷。我就這樣忘情地摘著果實吃了好一陣子，回頭一看，才發現鬈髮男的嘴脣都發黑了。我指了指鬈髮男的嘴脣，結果鬈髮男也看著我的嘴巴笑了。我們摘了桑葚，裝進鬈髮男穿在身上的襯衫。嚐到桑葚的甜味後，身上似乎有了些活力。我們也發現了潺潺流水，於是蹲坐下來，就著雙手接連捧水大口吸入。後來我們決定，要帶空瓶子來這裝水回去。

「嘻，不覺得我們很像在參加《我是自然人》的節目嗎？」

我忍不住苦笑。以此時的落魄樣來看，我們可不是自然人，根本是乞丐中的乞丐。唯一的衣服在汗水和海水的浸泡下，已經骯髒到無法辨識顏色，而我這身傷痕累累的慘樣，跟從戰場上歸來的敗將殘兵沒兩樣。我們從對面的山頭瞰下方，此處的景色和原本所在的海邊不同，巍峨雄壯的岩山依傍著大海延展出去，彷彿只要一個踩空，就會從懸崖上摔下去。

「不覺得那裡有什麼嗎？在那岩石之間是房子還是箱子？那邊……」

走在前頭的鬈髮男指著海邊的一顆大石頭。果然有個像四方形箱子的東西。

「會不會是綁架犯住的地方？」

「要不要去看看？」

「不行，跟其他人商量一下再去吧。」

就在這時，遠處的山頂上傳來刺耳的慘叫聲。鬈髮男和我交換眼神後，連忙朝聲音來源處往上爬。就這麼爬了好一陣子，聽見了其他人議論紛紛的聲音。我以手制止鬈髮男後，藏身到樹後頭。

「再忍一下，來，抓著我……對，就是這樣。」

眼前都是熟悉的臉孔，過去一看，翹髮男脫掉上衣，正在搖頭晃腦地將汗水甩掉。

「好像被蛇咬了。」

長髮女生的腳背用翹髮男的T恤纏了起來。

「喂，要趕快把蛇毒吸出來。」

鬈髮男不由分說地跑過去鬆開T恤，接著再次綁緊腳踝，將自己的嘴脣擱到長髮女生紅腫的腳背上。他把血吸出、吐掉，如此反覆了許多次。真是個了不起的孩子啊。長髮女生淚眼汪汪地低頭注視正在替自己的腳背吸毒血的鬈髮男，彷彿下一秒淚水就要滴落。

我們輪流揹著長髮女生，或是攙扶她下山，等到總算讓她在船上躺下時，大夥已經累癱了。長髮女生說自己是在摘覆盆子吃時被蛇咬了。查看她的傷口，已經腫成一個大包。我猛地想起應該替她消毒或稀釋蛇毒，接著想到了海水，於是毫不猶豫地背對長髮女生蹲下。

「來，上來。」

我揹起長髮女生，也大致解釋了一下，其他人也都表示贊同，跟著一起出來。大家一起走進了海裡，長髮女生也說海水很涼快，在水中玩得很盡興。大夥先是手忙腳亂地說要抓魚，後來又為了扯下黏在岩石上的海藻和貝殼，忙得不可開交。

「喂，我們看到後頭懸崖底下的岩石之間好像有房子，綁架犯會不會就住在那裡啊？」鬈髮男這才想起這回事。

「去看看吧，要是撞見綁架犯，我們就除掉他。」

大家正討論著，天際線那頭卻有烏雲逼近，很快就滴滴答答下起了雨。雨勢逐漸加劇，捲起的波浪也越來越高。

「進去吧。」

我喊著大家，其他人卻恍若未聞，淋著雨開始手舞足蹈，或是撲通跳入水中潛泳。是啊，反正也沒替換的衣服，只不過從水中走出來時，一覽無遺的身材剪影很令人難為情罷了。我們成了原始的有機體，也不管名字不名字的，用一聲「喂」來稱呼彼此，在無形中卻依賴起彼此。

雨勢傾盆而下，波浪也跳得更張狂了，從海水裡跑出來時，大家早已成為落湯雞。回到船上一看，發現雨水潑進了船艙，到處都濕答答的。三個男生關上門後，脫掉了T恤，發現摺成小小一封後放入口袋的遺書被水浸濕了，變得破破爛爛的。是啊，如今已經不需要什麼遺書了。我名字那三個字，不管有沒有鏤刻在他們的良心上，如今也不干我的事了。既然我不會讀書又不求上進，只會考出慘不忍睹的成績令你們蒙羞，那就忘掉這個一無是處的孩子吧。我苦笑著，將無法辨識形體的紙片抖到門外。離開我的手的紙片在強風的吹襲下不留痕跡地飛走了。一股無以名狀的痛快感油然而生，我再次露出苦笑。

男生們用T恤擦拭濕漉漉的地面，接著擰乾了水。地板的水氣乾掉後，我們關上門，坐在陰暗處發呆。天色漸漸暗了，風聲和浪聲如雷電般鞭打鼓膜，木製的窗戶哐啷哐啷作響，導致必須得輪流握住把手。

「她在發高燒，怎麼辦？」

短髮女生吸了吸鼻子。我們輪流用雨水沾濕T恤，替長髮女生擦拭身體。先從短髮女生開始，等輪到我時，我抓住把手站好，身體卻如楊柳樹般抖個不停。好冷。潮濕的地板加上溼透的衣服，使全身的細胞都感受到寒意。

其他人也都在發抖。噠噠，某處傳來了撞擊聲。我咬緊了牙，而長髮女生的呻吟聲讓人聽得焦急。前方是波濤厲聲咆哮，後山則傳來樹枝喀吱斷裂，以及不時有樹幹被連根拔起的聲響。彷彿不見盡頭的恐懼，就這麼延續了一整夜。

早晨隱隱約約地亮起，風兒也似乎歇了口氣。度過夜晚的孩子們耗盡了體力，個個睡得不省人事。不知道睡了多久的我一睜開眼就跑去開窗，來到外頭。颱風以利爪畫過的地方猶如滿目瘡痍的戰場，在沙灘上，從山上吹下的樹枝和成株的雜草散落一地，被連根拔起的樹木橫躺在船隻旁。沒有一株草能站直腰桿，不是被吹斷就是東倒西歪。等我再次回到船艙，發現大家都憂心忡忡的緊握著長髮女生的手。

「怎麼辦？看看她的腳和腿，怎麼辦！」

「不過燒好像退了一點。」

「可是她好像失去了意識耶。」

長髮女生的腳背腫得像顆球，顏色都發青了。短髮女生頻頻拭淚，讓最後剩下的水流入長髮女生的口中。鬈髮男可能是昨天在山上吃了太多桑葚，只見他連連彎腰直喊肚子疼，裡裡外外跑來跑去。

就在這時，某處傳來直升機的聲音，大夥兒都吃驚地連忙跑出去，看到一架橘黃色直升機，上頭清楚寫著一一九的白色字體。是救難直升機。盡量在低空盤旋的直升機從我們頭頂經過，瞬間越過山頭。那一刻，我的心臟咚的一聲往下沉，內心快速閃過兩種想法——我們是會被那架直升機救援，還是永遠成為亡命之徒？反正我們都是打算自殺的人，有沒有被救援都是死路一條，討論「救援」這件事本身就很矛盾。儘管如此，還是得自行決定要接受救援，或拒絕救援。我思考了不到兩秒就打定主意要選擇後者。既然直升機從我們上頭飛過，表示這裡應該不是目的地，所以首要之務是要先躲避。我急忙把其他人趕進船艙，將門重重關上。

6

「臭小子，我說她要死了！」

「為什麼不能死？反正她本來不也打算自殺嗎？」

「可是就這樣病死不是很冤枉嗎？」

「哼，瘋子，怎麼死還不都一樣？你自己也不打算活，管什麼閒事！」

「這臭小子真卑鄙耶！你沒看到她這麼痛苦嗎？你真是個瘋子！」

翹髮男生氣得大吼，朝我的臉揍了一拳，我也不服輸地撲向他。我不要，誓死反對，要是救援隊來了，才不會只帶長髮女生出去。我一點也不想被他們再次拉回那個深惡痛絕的地方。好啊，打吧，打我啊，乾脆被打死還更好。我一邊撲向翹髮男，一邊大喊。

外頭再次聽見直升機槳葉快速旋轉的聲音。

「不管是誰，只要敢出去就死定了！」雖然被翹髮男狠揍，我仍瞪大眼睛咬牙切齒地說。

在這傢伙以拳頭伺候之後，我的臉徹底掛彩，嘴內縈繞一股鹹鹹的血味。直升機的聲音更靠近了，快速運轉的槳葉颳起一陣風，導致窗戶哐啷哐啷作響。直升機似乎就停在前面的沙灘上。要趁現在趕緊逃跑才行。我粗暴地推開翹髮男，奪門而出。我無暇回頭，二話不說就往山上跑。救援隊員肯定沒幾個人，只要我躲進山裡，他們就找不到我了。我爬到半山腰左右，藏身在樹木後方往下眺望。果然如我所料，直升機停在白沙灘上，兩個身穿橘黃色衣服的人快速展開行動。過了許久，直升機再次起飛。我喘了口氣，正打算起身，卻看到就在那下方，鬈髮男和翹髮男正氣喘吁吁地爬上來。

「她們呢？」

「啊，媽的，不知道啦，看到救援隊進來，我們馬上就跑了。既然是救援隊，應該會把她們帶走吧。」

果然不管會不會被救，全取決於自身的選擇。得知這兩個傢伙做出相同選擇，我稍微安下了心，因為我不想獨自留下。我們坐在樹下緩了緩，翹髮男來到我身旁，脫掉T恤後遞給我。

「喂，擦一下。」

「不用了。」

他大概是看到我被揍成豬頭的臉上流了血吧。我把T恤又丟回給他，拍了拍手並站了起來。我拿起旁邊的樹葉，將沾在手掌上的血痕擦掉。雖然我是自討苦吃，但也真的被狠狠扁了一頓。翹髮男竭力想避開我的眼神，我盡可能不帶情緒地問他：

「要不要去那邊看看？搞不好綁架犯會在那。」

翹髮男還沒來得及回答，鬈髮男就率先往懸崖的方向走去。就算要葬身在這，我也想知道綁架犯是誰，到底為什麼把我們帶到這裡。反正已經走投無路了，就算遇到綁架犯，也不過就是一死。我的內心竄出類似匹夫之勇的膽量，翹髮男可能也想著同一件事，只見他默默跟了上來。被颱風吹斷的樹枝參差橫躺在地，增加了從懸崖往下的難度。我們互相扶持，小心翼翼地來到下方。

那是一個貨櫃屋，應該是在工地之類的地方臨時搭建的，但貨櫃屋旁邊鐵鏟、鋤頭和網子散落一地，顯然有人住在這。我們決定先藏身在岩石後觀察一陣子。

「那邊，有痕跡。」

鬈髮男壓低音量，指著海邊的方向。那裡可明顯看出直升機先前停放的痕跡。那麼，直升機的目的地就是這裡了，是這裡有需要救援的人。住在那個貨櫃屋的人會是綁架犯嗎？他為什麼要求救援，突然生病了嗎？昨天的颱風夜遇上了危險嗎？我們悄聲無息，只靠眼神交換著疑惑。那麼救援直升機在我們先前所在處著陸的原因又是什麼？那就表示對方知道我們的存在啊，究竟他們是如何得知的？

我們三個沒有放鬆警戒，持續盯著貨櫃屋。但過了許久都沒有任何動靜。鬈髮男再也按捺不住了，以恰好三人能聽見的音量說：

「我們進去瞧瞧吧。」

「你在這把風，我們兩個進去。」

在翹髮男的指示下，鬈髮男負責把風，我則是跟著翹髮男。觀察了四面八方後，慎重地跨出一步又一步，緩緩接近貨櫃屋。我緊張得心臟彷彿要結凍了，頭髮也一根根豎了起來。我來到貨櫃屋旁，雙手牢牢握住鐵鏟和十字鎬，然後遵循翹髮男的眼神指示，靠近門邊。我憋住氣，將耳朵貼在門上，卻什麼聲音也沒聽見。翹髮男用眼神發出信號，同時使勁拉開了門。

那是個房間，裡頭有棉被、些許生活用品，還掛著幾件衣物，十分溫馨。牆的一邊有一張矮小的木桌，上頭有個小小的相框和一本掀開的筆記本。相框內有爸爸、媽媽和看似國中或高中的兒子，一起露出燦爛的笑容。我連忙翻開黑色封面的筆記本。

五個孩子啊，現在才正要開始。

五個孩子？我的背脊頓時一陣發寒，心臟跳得好劇烈。翹髮男拍了一下我的肩膀，傳送「我們出去吧」的信號。我將筆記本塞進T恤，跟著翹髮男出來，負責把風的鬈髮男則做出手勢要我們趕快過去。我們頭也不回地奔跑，一口氣爬上懸崖，也不知道是怎麼越過山頭的。等我們再次回到船上，全身已汗如雨下，傷痕累累。不出所料，長髮和短髮女生都不在。長髮女生還活著嗎？短髮女生呢？各種思緒傾巢而出，讓我頭昏腦脹。

「這是什麼？」在我身旁喘口氣的鬈髮男戳了戳我的肚子。

「啊，對了。」

失魂的我連自己拿來筆記本的事都忘了。我調整好呼吸後，大家就把頭湊在一塊，翻開了筆記本的第一頁。

假如某天有人發現了這本筆記本，拜託您將我抱著沉痛的心情寫下的故事詔告於世。

我原本是名船長，丟下妻兒搭上了商船。獨自留下的妻子帶著要好好養育兒子的念頭，竭盡所能地教育兒子，可是兒子似乎沒有辦法承受妻子的鞭策……他最後走上了絕路。兒子死後，妻子也離開了，而我搭著一艘小船來到這座無人島。我的故事──因為死不了，所以繼續活下來的故事──就是在這開始的。

來到此地邁入第十年的今日，弟弟終於傳來令人欣喜的消息。過去研究多時的計畫馬上就要執行了。身為IT專家的弟弟和幾名專家共同開發的這項祕密計畫，目的就是為了要救活孩子們。

剛開始聽到這項計畫時，我二話不說就押上所有財產作為研究費。如今想到多年等待即將迎來甜美的果實，興奮之情難以言喻。但畢竟是第一次，肯定會經歷失敗，但我仍帶著想救活兒子的心情來拯救孩子們，我是真心想救活他們！

讀到這裡，我悄悄來到外頭。想起在月光閃耀的夜晚，我使出吃奶的力氣將長髮女生從大海中抱回，讓她躺在沙灘上的情景，想起那張白皙的臉，以及我努力想透過雙手將體溫分給她。好想救活她，當時的我就只有必須救活她的念頭。不顧自己也要救活她的那份真心，裡頭不摻有任何雜質。

我想拯救孩子們，真心想救活他們！

剛才在筆記本上讀到的文字歷歷在目。非救不可，非活不可？我該如何面對這意料之外的情況，又該如何做出選擇？是該心懷感謝，該拒絕，是該死還是該活……我只覺得眼前茫茫。

我怔怔地站著，凝望無盡的蔚藍波紋與迎面襲來的白色浪濤。是啊，倘若大海的蕩漾代表著呼吸，現在就試著效法那波紋和浪濤吧。無論是任何型態，存在本身都是各人的責任。不管那責任是什麼，我都會果斷大膽地做出選擇。如今颱風離開了，我緩緩走向大海，看見一絲陽光在沉靜無波的水面上熠熠閃亮。

作家的話

「即便如此，也別尋死。」這個迫切的心願促使我寫下了這個故事。在這個數位時代，就算是要借助人工智慧與大數據的力量，我也想拯救那些做出極端選擇的孩子們！

某一天，拿著在書店買的題庫走出來的孩子，帶著一雙清亮眼神在演講會場上對我笑的孩子離開了。我發自內心地痛恨這個用成績替青少年分等級、要他們列隊排好的國家，也憎惡那些讓原本想來地球幸福生活的孩子，最後卻離開人世的一切。

我們必須絞盡腦汁苦思，並大刀闊斧地進行改革，避免孩子們走上絕路。這有那麼困難嗎？我又為何無法擁有那種力量呢？

即便如此，請試著活一回吧。只要活著，時間會持續往前進，歲月就會流逝，光明美好的日子也會到來。我是抱持這樣的信念活下來的，孩子啊，請你也……

錯誤

姜美

生長於慶尚南道晉州，在蔚山度過教職生活。喜愛山、米飯與摯友，夢想過著日益精進的人生。2005 年以第 3 屆蔚藍文學獎「未來作家獎」踏入文壇。代表作有《路面上的書》、《冬日部落格》、《橫跨夜海》、《再見，風》、《經過沙漠的時間》等。合著有《祖江之歌：漢江河口的歷史文化故事》、《文學課時閱讀小說》系列等。

也不知道是從什麼時候開始倒水的。本來以為只有一兩滴，但一轉眼就裝滿了整個玻璃杯，驚險地維持表面張力的水，在某個瞬間溢了出來。我凝視著餐桌上四處爬行的水，不自覺地伸出了手，但可能一時沒抓好，杯子掉到了地上。我在客廳裡蹲下，撿起在陽光照射下的玻璃碎片。啊啊，我不由自主地驚呼一聲，一滴血落在逐漸擴散的水上頭。

十一月的最後一個星期四，我正在彩排隔天的校慶。工作人員依照男、女主持人說的臺詞，把班級或個人參賽者一一送上舞臺，調整好位置後，再把他們送下臺。廣播班也來回奔波著，忙碌確認音響和音樂，他們脖子上掛著自己隸屬校慶籌備委員會的顯眼名牌。身為學生會基層組織的校慶籌備委員，必須企畫與執行從工作人員選拔到校慶當天的所有流程，延續學校的傳統。

身為校籌委表演組的我，和二年級的學長姐一起站在體育館大約中間的位置。我們要做的就是檢查是否充分善用舞臺，並告知舞臺上的工作人員。我們會用大拇指和食指比出一個圓，或是指著前後左右做出指示。當然啦，這類事情主要是由持有無線電的二年級學長姐負責，我則像個助手般站在一旁。不只是我，一年級的工作人員大多如此，因為我們的工作就是在旁觀摩，好在明年能大展身手。

我把玩名牌，一邊掃視體育館，看見大大小小的團體分散在各個角落。有別於忙碌運轉的舞臺，他們都在嘻哈打鬧，被點到了才慢吞吞地起身。有些同學鬧哄哄的，大概是在玩三六九或黑手黨遊戲，也有些同學乾脆躺了下來。在約莫二十步之遙的前方站著兩名女老師，我雖然認出了英文老師，另一位卻很陌生。看她指揮著稍早前上舞臺的班級，大概是二年級的班導。後背、腰部線條與連身裙底下的一雙直腿露了出來，身材比例很讚，要是來我們班上課，大概可以超越英文老師，登上性感女王寶座。

是說地球始於一團灰塵嗎？我那蠢蠢欲動的感覺也總是如此。眼睛看不見的東西正在凝聚，蹲踞在胸口的某個部位躁動著。就像即將上臺報告的人，我的手汗直流，腦袋一片空白。我將手伸進口袋，握住了智慧型手機。儘管原則上是要在來這之前交出去，但因為是校籌委，所以今天例外。

稍早前我拍了舞臺的照片。一方面是應舞臺工作人員的請託，同時也是為了明年作準備，但現在不一樣了。如同唯有完成上臺報告，症狀才會消失，這種蠢蠢欲動的感覺也只有執行命令才能解決。我拿出智慧型手機，先朝著舞臺按下快門，喀嚓、喀嚓、喀嚓……

接下來我稍微平放手機，不偏不倚地瞄準目標。確認畫面後，我的心臟彷彿瞬間停止了跳動，感到陣陣酥麻，從指尖到頭頂都有滾燙的熱氣縈繞。我的意識感到恍惚，同時又變得沉靜。感覺就像是氣息直衝喉頭，接著兩者在某一刻驀然相遇。我再度按下快門，就像在發射聚光燈，喀嚓、喀嚓、喀嚓、喀嚓……

「喂、喂！」

我嚇了一大跳，連忙放下智慧型手機。有兩名老師走了過來，似乎本來是站在我後方。留短髮的老師伸出了手。

「你剛剛在做什麼？把那個交出來。」

「我在拍舞臺彩排啊。」我亮出脖子上的名牌，同時指著前方。

這時，負責統籌校慶的國文老師慢了幾步才抵達，插嘴道：「我還以為怎麼了。河老師，校籌委今天同意使用智慧型手機，因為彼此要聯絡，而且也要留下紀錄。」

站在旁邊的二年級學長也說了同樣的話，但短髮老師還是抓著我的手臂。我感覺到一股頑強的力道，彷彿一旦情況有異，對方就會強制奪走我的手機。

「我的工作是拍攝舞臺。」

「總之，我要看一下你剛才拍的東西，方向明明不對啊……」短髮老師看著我的臉，鏗鏘有力地說，態度相當冰冷果斷。

我不自覺地往後退，緊緊抓著手機，不肯抽出口袋。眼見雙方僵持不下，反覆著相同的說詞，就連前方那些性感女孩們也靠了過來。我的手開始變得濕答答的，血液循環開始加快。面對短髮老師固執的要求，國文老師似乎也慌了手腳。眼見學生的目光都朝這裡集中，國文老師趕緊說道：

「河老師，先離開這裡吧。要是孩子們亂說什麼就不好了。李鎮穆，你也一起過來，有誤會就要解開啊。」

接著國文老師帶頭，短髮老師則緊緊貼在我身旁，那些性感女孩也跟在後頭。面對這進退兩難的情況，我環顧四周，校籌委的學長和同年級的同學都在用肢體語言和表情詢問我發生什麼事，我卻無法請求協助。我機械性的移動步伐，走出體育館，經過中庭。我把智慧型手機握得緊緊的，心想還是乾脆把手機摔壞好了，可是卻想不到任何辦法。我的手在口袋裡動來動去，不知不覺來到了本館。

只有教務主任坐在教務處內。

「鎮穆，怎麼了？就算全校學生都來了，也輪不到你才是啊……有什麼事嗎？」

教務主任輪流看著我和其他老師說道。

不只教務主任，我和好幾位老師的關係都很好。無論是上課或參與活動，我都很認真聽課和做報告，也常被稱讚說話有條理，作文寫得好。碰上打掃時間，我比其他同學更早拿起拖把，就連當資源回收小幫手也從不缺席，最後甚至在同年級同學的推薦下，領到了模範生獎。

學生部也有科學教室或圖書館、準備室這類空間，但我還是第一次來到這裡。聽說引發校園暴力事件或吸菸被逮到的同學都要來這裡寫反省文，所以跟諮商室一樣有擺沙發，圓桌上覆蓋著淡綠色桌巾。雖然布置得很漂亮，但獨自來到這裡，總覺得有種壓迫感。我的呼吸急促，不知道該坐下還是站著，難怪這裡會被大家戲稱為「審訊室」。

經過了宛如十小時的十分鐘後，教務主任進來了。他表示長話短說，要我將智慧型手機交出來，但見我沒有動作，於是用手指叩、叩、叩地敲擊玻璃，將手伸了出來。我沒辦法再硬撐，只好將手機放在圓桌上。

「把手機解鎖，雖然我相信你，但既然有老師懷疑你，我就先看看吧。你待在這。」

我將手機解鎖並遞出後，教務主任就走到外頭。老師們馬上就會翻遍我的資料夾了吧。或瘦或胖，或長或短，透明絲襪或船型襪，一雙雙全是美腿！被短裙半掩的大腿、可以感覺到在顫動的膝蓋和膝窩、象牙色小腿上顯現的青筋，以及隱藏在肌肉後方、精巧相連的大腿骨到踝骨，全都是讓人愛不釋手的腿！不管是連續拍攝或單一照片，都是我精心拍攝的！學生、老師、公車站牌、體育公園……啊！我實在太老實了，早知道就改個資料夾名稱。

再次經過體感一百小時般的數十分鐘後，我走出教務處。體育館那邊靜悄悄的，就算現在還在彩排，我應該也沒辦法過去。明明就和一小時前沒有任何分別，我卻突然變成了怪物。

原本對我很溫柔的老師一臉錯愕，替我說話的教務主任也開始板起臉孔。我緊緊握住放在口袋的智慧型手機，走出審訊室後，教務處只剩教務主任還留在那。他接過我的陳述書，用下巴指了指我的智慧型手機。原本已經做好心理準備會被沒收手機的我，以迅雷不及掩耳的速度放入口袋，彎腰向教務主任鞠了躬。

一打開教室的門，所有人的目光彷彿都投向我身上。明明地面上也沒有洞，我的步伐卻變得很不自然。我都還沒坐下，民載就三步併作兩步地跑來。

「喂，照片超讚的！」

雖然差點沒被嚇死，我仍裝作沒聽到，坐了下來。

「你這人真無情耶。我說國文報告啊，我們這組是第一名，都多虧你在現場拍的照片。Good Good！聽說網路下載的都被扣分了。」

民載連連舉起大拇指比讚。我拍了拍胸脯，看來事情還沒傳開。就像教務主任說的，我必須改過自新。我露齒笑了一下，然後就趴在桌子上。雖然平時不怎麼愛聽教務主任的話，現在卻不知不覺遵照他的指示去做——什麼都別說，要不就裝睡吧。

我閉上了眼睛，精神卻好得很。我很擔心媽媽的反應，也在意爸爸會知道這件事。教室依然鬧哄哄的，下節課的老師或班導都沒現身。

「我也要聽，剛剛在說什麼啊？」

我聽見民載在說話。

「這傢伙，就只會放馬後炮。是在說俊基的媽媽啦。喂，俊基，你來講。」

「什麼？我媽昨天吵贏國文老師的事喔？」

國文老師就是統籌校慶的老師。我的耳朵自動豎了起來。聽到俊基的話後，正煥笑個不停。即便扯上校園暴力事件，他們還是一副趾高氣揚的樣子。這些傢伙是從國中就開始欺凌、使喚弱小，但最後仍「不受處分」的敗類。受害者決定不再追究，這是學校外頭的懲戒委員們的決定。只有傳聞傳得沸沸揚揚，說什麼不能阻擋為校爭光的學生前途，反正到最後，加害人都沒有受到懲戒。

「所以說啊，他幹麼介入啊？就非得為了扔一張衛生紙讓我丟臉嗎？他囉唆個不停，說不滿校暴事件的決定。到底幹麼要惹我們？有那個時間，還不如去照顧自己弱不禁風的得意門生。」

「所以咧？所以怎麼樣？」

繼正煥和民載之後，再次聽到俊基說話。

「就打電話施壓啊，說事情都過了，不要再讓孩子痛苦。我媽叫我別擔心，只要顧好課業，像正煥一樣會讀書，萬事都ＯＫ。」

「哇，居然贏了說話很有分量的國文老師，管理委員的權力果然很大耶。」

「小子，要是你也碰到什麼困難就說一聲，大哥我都替你解決……」

這時校內廣播響起，打斷了俊基的話。

「通知一年級同學，請各班班長立刻到教務處前集合。再通知一次，請各班班長現在立刻到教務處。」

「啊，煩死了，動不動就呼來喚去的。喂，民載你去吧，教務處。」俊基模仿電影臺詞的語氣說道。

「不是叫班長去嗎？」

「喂，你新來的喔？就說你是副班長，代替班長來的。」

閉著眼睛也知道眼前是什麼畫面。民載出去後，俊基那些人繼續吵鬧，其中也參雜了愛哭鬼的聲音。明明每次都被欺負，卻還是跟他們鬼混，這傢伙也真是稀有種。就是因為這樣，他才會連名字都沒了，老是被叫愛哭鬼。

◇

進入咖啡廳後，金恩熙東張西望了一陣，看到在最僻靜的角落，足有一個人高的龜背芋花盆後頭，河民哲老師舉起了手。金恩熙稍作遲疑，才朝那個方向走去。從接到電話開始就有不好的預感。雖然曾經親近如家人，但離婚的同時，她就與跟丈夫有關的人斷了交流。儘管在兒子入學典禮上得知河民哲老師是那所學校的教務主任，但也只有這樣。

「哈，有多久沒見啦？聽說您去國中任職？我突然邀您見面，一定讓您大吃一驚吧？」

見到金恩熙走近，河民哲老師就起身連說了好幾句話。即便過了十年，他急躁的性格還是一點都沒變。

眼前放著咖啡，河民哲從往事說起，接著傳達了妻女的近況，並詢問金恩熙管教國中生會不會很辛苦，還稱讚她的美貌一如既往等等。金恩熙點點頭，時而做點回應，但越來越感到不自在。河民哲不由分說地講了一大串，感覺很不尋常。

「李教授還好吧？啊，不是，我現在是在說什麼……」

「……是關於我們家鎮穆嗎？」

經過短暫的空白，河民哲老師依然吞吞吐吐，金恩熙再也聽不下去，於是調整姿勢先開了口。她想起手機顯示鎮穆學校的電話時，內心閃過的一抹不安。「該不會？要是……」的心情化為言語流了出來。

河民哲老師裝作沒聽見，拿起咖啡杯。在他喝了好幾口咖啡的時候，金恩熙的腦袋忙碌地運轉著。鎮穆昨天也與平時無異，和金恩熙嘰嘰喳喳地分享學校裡發生的事，還一起洗了碗。就像身邊朋友所說，鎮穆是個溫暖又貼心的兒子，壓根不用欣羨別人家的女兒。從小學開始，鎮穆不僅功課好，品行也是人人誇，所以金恩熙從沒經歷過人家說身為單親媽媽的痛苦。金恩熙把自己任職的學校發生的那些事件想了一遍，打架、毀損公物、霸凌、竊盜、作弊……但沒有一個能和自己的兒子搭上邊。

「您見過鎮穆了嗎？孩子們都回家了。」河民哲老師說著，將椅子往前拉。

金恩熙搖了搖頭，她有不好的預感。

「突然聯繫您，您一定很吃驚。嗯，既然是李教授的兒子，也像是我的兒子，所以我也苦惱了許久。我從鎮穆還是小寶寶時就看著他長大，所以比任何人都了解……」

「他闖了什麼禍嗎？請趕快告訴我。」

金恩熙等不及了，直接打斷河民哲的話。

「啊……其實也可以睜一隻眼閉一隻眼啦，但畢竟這年頭，也算是一種社會問題。金老師，鎮穆他啊，最近在校慶彩排時拍女老師的照片，結果被抓到了。怎麼說呢，男孩子不都那樣嗎？對那方面充滿好奇心……雖然也不是不能理解，但看了鎮穆的智慧型手機，發現照片有數百張，都只拍女生的腿，其中有女同學也有女老師……認識鎮穆的老師們都受到很大的衝擊。」

這是在說什麼？金恩熙感到一陣暈眩。

「金老師，不，鎮穆媽媽，我個人是很想當作青春期的好奇心打發過去，但您也知道，最近對這類事情很敏感。要是傳出去，就等同校園暴力事件，不是只有折磨、毆打他人才是校園暴力，這也會變成教權侵害事件。我先要他管好嘴巴別亂說話，但不知道明天會演變成什麼樣子。」

「怎麼會發生這種事……對、對不起。」

「這不是您的錯，您怎麼會知道鎮穆會有這種行為呢？總之，眼下必須先收拾殘局，所以才約您在學校外見面。學校高層那邊就由我來負責，請您讓鎮穆轉學吧，趁明天盡快。」

「什麼？轉學？」金恩熙反問的聲音在顫抖。

「是的，我想來想去就只有這個辦法了。女老師們大概會以教權侵害提出申訴。就算進入程序也需要時間，乾脆趁這時候讓他轉學吧。明天就讓鎮穆請病假，不管哪裡都好，只要更改住民登錄地就行了。這年頭都不會過問轉學事由，學校間也不會說什麼，因為會牽涉到個資問題。請您讓鎮穆轉學，看是要暫時請娘家送他上下學，或是說就算距離很遠，您要親自接送也可以。」

見金恩熙沒有半點反應，河民哲老師再次說道。有別於剛開始遲疑的態度，他就像是事先演練過似的滔滔不絕。

「幸虧我是教務主任，我是基於疼惜鎮穆才跟您說這些的。當然轉學這件事和我沒有關係，鎮穆媽媽您作主就行了。我們也都是從犯錯中成長的嘛。但畢竟問題很敏感，女老師們往後也會慶幸事情就此落幕的。」

「……」

「我還沒跟李教授聯繫，因為事情本來就很緊急，鎮穆又是媽媽帶大的，所以我想應該先聯繫您……」

「是的，謝謝您，我得先聽聽鎮穆怎麼說，自己也需要思考的……」

「沒什麼好聽的，必須盡快處理才行。這都是男孩子會經歷的成長過程，還請您別反應過度，守護好兒子的前途才是。因為是鎮穆，我才會承受風險來跟您碰面……有人可能會看到，所以我就先離開了。要是有什麼事就請聯繫我的手機，用學校的電話很危險。」

河民哲老師走出咖啡廳後，金恩熙依然坐在座位上好一段時間。明明說事態緊急，她整個人卻彷彿被一條粗繩綁住，怎麼樣也起不了身。金恩熙將手肘立在桌面上，雙手掩住臉，一閉上眼睛，隨即出現了一個朦朧泛白的空間。年輕時的丈夫和年幼的鎮穆、惱怒的公婆和百般挽留的娘家母親，他們的身影陸續出現又消失。儘管那是個即使面對千言萬語也不為所動的決定，但每當感到煎熬時，就會想起離婚那時。當年的不安與悔恨悄悄爬上心頭。

金恩熙用指尖壓了壓眼窩，甩甩頭。不要自責、不要倒下……這是她疲累時的自我喊話，但這次井水乾涸，滑輪也壞了，好像連一滴水都再也提不上來。她不再是平時判斷迅速、做事快狠準的金恩熙。

◇

「媽媽在這幹麼？怎麼不進去？」

以為應該在家裡的鎮穆，卻出現在金恩熙背後。金恩熙走進鎮穆替她拉開的大門，兩人並沒有說什麼女士優先或謝謝之類的話。平時充滿對話與笑聲的客廳與廚房，如今再也不覺得溫暖芬芳。不過才一天，一切就全變了樣。金恩熙感覺就像被不認識的某人或某樣東西冷不防地擊中後腦杓似的，她不敢相信，自己努力開墾、打下基礎的生活，竟只是座虛有其表的沙堡。

換好衣服、沖泡咖啡時，金恩熙連做了好幾次深呼吸。她將自己的心思壓成一團，拉到丹田底下。透亮的咖啡填滿了咖啡壺。金恩熙移開濾杯，終結自己的猶豫，才喚來鎮穆。

鎮穆的說詞也跟河民哲老師一樣簡單——拍了照，然後被抓到了。金恩熙望著兒子僵硬的表情，迴避自己的視線且說話時顯露不耐，以及勉為其難地將屁股掛在沙發上，只想趕快藉機起身的樣子，就和在諮商中心見到的那些男孩沒兩樣。

雖然先前就有不好的預感，但她仍想相信兒子。金恩熙抱著抓住最後一根稻草的心情說要查看兒子的手機。鎮穆皺起眉頭，半月狀的眉毛突起，鼻樑上起了層層皺褶。金恩熙以為自己看見了前夫的表情，身上不禁起了雞皮疙瘩。即便沒有生活在一起，父子倆卻像同一個模子印出來的，這讓金恩熙感到神奇，也覺得可怕。她伸出手，拍了一下桌子，經過漫長沉重的沉默，鎮穆才交出智慧型手機。

即便只看鎮穆開啟的其中一個資料夾，原本當作一絲希望的稻草也跟著消失了。金恩熙好不容易才守住最後的理智。

「是從什麼時候開始的？」

「媽媽，很抱歉讓妳受到驚嚇，但這沒什麼，只是個人興趣……」

「竟然說是個人興趣？你到底在說什麼！這是犯……是不能隨便就打發掉的問題。」

「我不是說我沒錯……」

「是從買了新手機、設密碼那時候開始的嗎？該不會是從小學？所以你才要我買數位相機給你？到底怎麼會……」金恩熙不自覺地提高了音量。

擔任諮商老師期間，她見過許多犯錯後也不知道自己做錯什麼、為何受罰的孩子。我的孩子本性很善良的，都是朋友帶壞他，才一時情緒激動……因為難堪、驚慌失措，就連話都沒辦法好好說的父母也見過不少。還以為那是別人家的事，如今卻成了自己的事。金恩熙停了下來，認為自己必須有意識地拉低音量。她穩住雙腳，緩緩深呼吸，這時鎮穆的話卻冷不防地闖了進來。

「轉學不就好了嗎？我願意轉學啊。」

「你以為事情這樣就結束了嗎？」

「看媽媽這麼嚴肅，我覺得很誇張耶，要是別人看到，還以為天塌下來了呢。是的，我做錯了，所以我願意負起責任轉學。雖然我不想聽什麼教務主任的話，但又能怎樣？……但我不要去爺爺家，我寧願早點起床搭公車去上……」

「等一下，鎮穆……不能轉學，媽媽不能讓你轉學。」

金恩熙打斷兒子說話，她的身子忍不住發抖，說出來的話也在顫抖。

「轉學並不是負責的表現……而是逃跑。」

「所以要公開嗎？讓事件在學校傳開，我還得接受懲戒嗎？媽媽身為深受肯定的諮商教師，還四處演講，變成這樣也沒關係嗎？就算是為了媽媽，我也要轉學，請讓我轉學。」

鎮穆甚至沒有拉高音量。他冷靜地說完後，就從座位起身。他打開房門後又關上，很快又打開大門出去了。金恩熙坐在餐桌前，把所有聲響都原封不動地聽在耳裡。她沒想到對話會是這樣進行的。雖然是父母，卻對兒子內心是怎麼想的、過得怎麼樣一無所知。金恩熙不禁露出苦笑，即便在這節骨眼她也還在想，早知道就等吃完晚餐再說了。

金恩熙任職的學校發生的校園暴力事件格外多，就像在證明「北韓是因為太害怕中二生，才不敢貿然闖入」的這句玩笑話並非空穴來風，學校三天兩頭就有事發生，因此身兼校園暴力負責教師和諮商教師的金恩熙，工作量非同一般。根據多年諮商經驗，校園暴力的根源總是家庭。不被關心、父母放任不管的孩子成了他人霸凌的對象；吃拳頭長大的孩子會毆打他人；父母以愛為名過度保護的孩子，則變得專橫跋扈。也因此，金恩熙總是強調父母教育。

夜漸漸深了，鎮穆卻沒有半點消息。金恩熙原本想按下手機通話鈕，但還是收回了手。她反覆將訊息寫了又刪，在廚房與客廳之間來回踱步。

◇

這畫面太熟悉了。教務主任擔任委員長，兩側分別坐著律師、教師、學生家長委員。自己平時坐的位置上，此時坐著在研究室一起共事的趙老師。他曾經吹捧金恩熙是真正認真在做事的諮商教師，此時卻一臉怒火地瞪視金恩熙，感覺就像在說：「都是因為妳，現在所有的諮商教師都要被罵翻了。」

金恩熙費了好大力氣才撐住自己落魄的身子，她也很恐懼至今自己諮商過的學生和家長會知道這件事。

學校會以過去個案調查為基礎，審議適當的措施，現在就只剩加害者及其父母的陳述了。如此一來，處分程度也會跟著拍板定案。

「您是李鎮穆同學的母親對嗎？」委員長的話朝愧疚低頭的金恩熙射了過來。

「是的。」

「現在我們根據提升教師地位與保護教育活動的特別法第五條，召開教權保護委員會。李鎮穆同學所犯下的是性暴力犯罪處罰相關的特別法，第二條第一項中明示的性犯罪行為，為滿足自身欲求而拍攝非法影片，這屬於製作淫穢圖片等相關犯罪，可能會追究刑事責任，對此您承認嗎？」

「……是的。」

「在教育圈中有這麼個令人不勝唏噓的玩笑話，只顧著教育別人的子女，卻不知道自己的孩子成了什麼樣子。從這角度來看，我能體會您的衝擊。事實上，得知此事件的主角是品學兼優的模範生，站在學校立場也十分惋惜與震驚。我們必須認知到，這是用任何理由都無法合理化的事件，學校這邊也打算以此案例引以為戒。希望李同學能藉此機會認知錯誤的界線，將自己可能在無形中成為加害者的教訓銘記在心……但願『知罪而犯者有千種，不知罪而犯者成千上萬種』這句古諺，能安慰您和李同學。除此之外，關於李同學的部分，您還有話要說嗎？」

委員們竊竊私語，認為委員長太過於打溫情牌，還譏諷說把孩子養成這副德性，還有什麼好辯解的？這些冷嘲熱諷化為匕首，刺進金恩熙的心。

金恩熙話沒說完就淚如雨下，這時同事、學生和學生家長成群走進會議室。她聽見了前夫和婆家長輩的聲音，不約而同地對金恩熙指指點點，質問她有什麼臉哭。金恩熙以踉蹌的步伐走去握住了門把，門卻文風不動，無論她怎麼使力都打不開。

「沒有，對不……」

金恩熙使出全身力氣睜開了眼，明亮的客廳映入眼簾。她發現自己整個人蜷縮在沙發的角落，眼角已然濕透。

原來是在作夢啊。金恩熙輕嘆口氣，彷彿乘坐了一趟雲霄飛車似的暈眩不已。她以沾滿淚水的手按壓額頭，想到往後會發生的事，內心不免七上八下，呼吸也變得急促。金恩熙甩著頭起身，口中發出一聲短促的哀號。她的腿發麻了，所以動不了。金恩熙習慣性地喊了兒子的名字，卻沒有任何回應。

◇

隔天晚間，金恩熙在諮商室內來回踱步。儘管花了一輩子鑽研，也有豐富的諮商經驗，但等到事情發生在自己身上，一切都成了無用之物。

打開門後，一名年輕女老師和趙老師一起走了進來。被鎮穆的智慧型手機拍下的朴秀晶老師五官清秀，個子也很高。金恩熙從座位起身，頭垂得低低的，她的整張臉都在發燙，雙腿也抖個不停。

趙老師喝了一口事先準備好的咖啡後說：「啊，真好喝。呵，即便在這種時候，金老師泡的咖啡依舊滋味很棒呢。」

或許是提到耶加雪菲或宏都拉斯的咖啡話題緩和了氣氛，朴秀晶老師也喝了咖啡。金恩熙半垂著頭，不停用食指撫觸咖啡杯的邊緣。觀察兩人表情好一會的趙老師終於開口：

「哎呀，兩位的心情都很沉重吧？要是我們是為了別的事碰頭，肯定是志同道合啊，就連我也覺得傷心呢。我就開門見山地說了，首先，這並不是正式場合，對吧？」

金恩熙連連點頭，朴秀晶老師則面無表情，一動也不動地坐著。

「但我之所以會出席這個場合，是因為鎮穆的母親把河民哲教務主任的伎倆告訴了我。雖然上次校園暴力事件就知道，但教務主任竟然用這種方式處理事情，實在太離譜了嘛。還有，同樣站在養兒子的立場上，我也無法漠視金恩熙老師的想法。教師生涯耕耘多年，也不能為了這件事就大挫士氣嘛……朴秀晶老師，謝謝您說懲戒並不是萬能，成長才重要。透過這次事件，鎮穆也會充分反省，往後不會再發生那樣的事了，金恩熙老師也會多費點心思的。」

包括金恩熙在內，朴秀晶老師也不發一語。稍後，金恩熙接收到趙老師的眼神示意，將鎮穆的智慧型手機擱在桌面上。朴秀晶老師拿起它，同時盯著金恩熙。

「沒有設密碼，請您看一下，全部都刪掉了。」

朴秀晶老師檢視鎮穆的智慧型手機良久後才開口：「雲端或USB呢？應該有Google相簿吧。」

「我都確認過了。」

「是啊，老師，就他信一次吧。鎮穆是個聰慧的孩子，不會再做傻事的。」

朴秀星老師又等了許久，才說：「我有朋友是檢察官，據說最平等的罪是性犯罪。意思是不管學歷、人格、財產，任何人都可能犯下這種罪。聽他這麼一說，我覺得沒錯，像在我們國家原本好端端的人，卻在一夕之間人設崩毀，不也都是基於相同理由嗎？」

「是啊，金恩熙老師聽了可能很不是滋味，但我們所擔心的不正是這點嗎？」

金恩熙搖了搖手，表示自己不會介意。

「總之，只要鎮穆有所成長不就好了？來，我來做個總結，這次會面是檯面下的。正如老師的請求，轉學的話就姑且睜隻眼閉隻眼，教權保護委員會也當作取消了吧。」

「……是的，很抱歉也很感謝。」

「只要是養育子女的父母都會經歷這種事。現在就別說那種話了。不過，我們有個提案需要討論。」

「不是提案，而是條件。」朴秀晶老師正色道。

趙老師再次開口：「是的，是條件，現在教育廳在進行的……555計畫，老師您先前也參加過，還擔任過導師。」

五個人、五十週、五百個小時，一名受訓學生與四名成人導師見面，思考人生目標與行動，是一個用五百小時打造健全身心的計畫。這項計畫的誕生是由於深刻感受到一人諮商的限制，參考了國內文獻與案例做的計畫。結業者的反應熱烈，但由於時間長、功課多，也有不少中途放棄的人。金恩熙在腦袋中把身為文科高中生應該放棄的東西及期待效果，迅速畫成一個比較表。

「鎮穆他……」

「我就明說了吧，無論事情有沒有傳開，轉學都是不可避免的，但免除了刑事責任與懲戒，還是必須做這件事。我也會補充計畫說明的。」

「……是的，我明白了。」

「但願這會成為一次很好的機會。雖然是非正式的，但對鎮穆，我也會照程序去走，這也是朴秀晶老師的期望。那麼，我就當兩位同意，555計畫的籌備就之後再商議。」

◇

校慶時我整天都待在家。校籌委學長和民載打了好幾次電話，但我都沒有接。這是媽媽下達的嚴令。雖然媽媽反應過度又再三訓誡，但總好過被學校公開。幾天後，我穿著新校服轉學到能看見大海的學校。雖然是男女合班，卻是由包括班長在內的女同學主導班級大小事。相較之下，男同學就像乖乖聽話的孩子。不知道是不是女同學身上噴了香水，氣氛感覺比先前的學校約莫高了八度音。我被邀請進入班上的群組，也從先前學校的群組退出了。直到民載咒罵連連的個人訊息慢慢減少，我才有換了新環境的感覺。

這裡也在忙著準備期末考。幸好許多科目是採用相同教材，至於教材不同的科目，就靠同桌同學的書和筆記。即使學校不同，老師們的臺詞也千篇一律。根據教育改革後的課程，三年級幾乎沒有分九等級[2]的科目，換句話說，既然在校成績沒有加分機會，一、二年級的考試就變得至關重要。

「從市區轉學來的同學」——也就是我，讀書讀得很認真。不知道是不是學校水準有差，我的名次非常前面，身邊也有了一些考完試就跑來我座位對答案的女同學。我就這樣透過課業維持平常心，也順利適應新學校。要是不這樣，我搞不好會發瘋。

我親手消滅了百寶箱，在媽媽面前將檔案一個個刪除，Google帳號也都讓媽媽仔細檢查。儘管我故作鎮定，但感覺就像身體的一部分剝離了，還產生了戒斷現象。每當在學生餐廳、教室、街上看到新的性感女孩，我的手就會不由自主地移向智慧型手機，甚至差點就按下快門。

我當然也不可能喜歡什麼555計畫。這項計畫期末考一結束就啟動，要先決定未來開心相處一年的導師人選。開心相處？雖然我嗤之以鼻，但用語本身就是這種調調。根據計畫，我必須找到包含諮商老師在內的四名成人。反正是被逼的，所以怎麼樣都無所謂。諮商老師說有支援團，並把參加過計畫的學長姐名單給我看。姓名旁邊寫了就讀的大學和科系。意外的是，上頭居然有海秀哥。他是代替我的雙薪父母，從我還小時就照顧我的鄰居阿姨的兒子。我還聽說海秀哥的導師之一就是媽媽。假如四人之中必須選一個家人的話，我決定要選爸爸，因為我對媽媽要求我刪除百寶箱的埋怨還沒有退去。

背後的玄關感應燈熄滅了。每到這一刻，就好像有人握住我的肩膀，輕輕將我往前推，所以就算是在烏雲籠罩的午後或漆黑的夜裡回來，我都不覺得孤單。只要有電腦，獨處時光就很祥和美好。儘管媽媽心疼我比別人更早熟，但這並非是爸爸的缺席所致，只不過是我及早領悟到任何人都是孑然一身罷了。

原本打算打開客廳的燈，但我收回了手。主臥室傳出竊竊私語聲，也摻雜了男人

2　依照成績換算成百分比，例如第一等級為前百分之四，一共九個等級，適用於在校成績與大學入學考試。

的聲音。我朝門的方向走去，豎起耳朵屏息細聽，發現媽媽打開擴音功能在通電話。讓人吃驚的是，通話對象是爺爺。過去媽媽會在過節或爺爺大壽時送我去爺爺家，但我從沒有多加過問，因為感覺問了就會提到爸爸新家人的話題。連身為男生的我都覺得帥氣溫柔的爸爸，在與再婚的女人和她的女兒相處時，彷彿另一個世界的人。因此，我很自然地都是和爺爺、奶奶待在一起，之後又匆忙回到媽媽身邊。

「非得做到這一步？現在正需要專注課業，何必要浪費時間？我無法理解。」

「是想要好好養育他。希望爸爸能答應這件事。您不總是說，自己只顧著討生活，也不知道怎麼養大孩子的嗎？就當是在鎮穆身上彌補您錯過的一切吧。」

「不管再怎麼忙，我也不曾假借子女之手，現在卻要我使喚孫子工作……假如真的有這個需要，就把薪水匯進戶頭，再做份證明書不行嗎？」

「不行，您明知過去太過呵護兒子，結果讓他變成什麼樣子……請先讓他從您的餐廳開始，對他要嚴格。」

「好吧，我知道了，雖然不知道是怎麼回事，但能經常見到鎮穆也是件好事。」

「那我再跟您聯……」

媽媽拿著智慧型手機走出客廳。雖然彼此都嚇了一跳，但我立刻轉頭朝房間走去。

「鎮穆啊，跟媽媽聊一下。關於選導師的事，聽說除了海秀，你都還沒決定？」

看來海秀哥已經先跟諮商老師聯繫了，但我不想讓媽媽有介入的餘地。

「決定好了，爸爸和姨丈。」

「姨丈……他竟然答應了？」

「要聯繫看看囉。」

媽媽總是對「爸爸」兩個字做消音處理，雖然這次也一樣，但看得出來媽媽非常驚訝我選擇了爸爸。雖然我有點動搖，但最重要的是要在媽媽面前展現出敵意。就算有些卑鄙，我也想贏。

我是第一次搭乘巴士前往，所以有點忐忑不安，但順利在巴士站下車了。大海的氣味搔得鼻子癢癢的，我看到了遠處的防波堤。以港口名稱命名的爺爺店面前依然人聲鼎沸。我看了一下手錶，距離開店還有一個多小時，但竟然已經有好多人在排隊了。雖然不知道是口耳相傳還是網路推薦，總之真是威力無窮。明明我吃起來就只是普通的刀削麵而已，特地前來的人卻絡繹不絕。自從經過某機關認證並選為國民美食餐廳之後，這裡就成了蔚山市旅遊必經之地。有人直呼貝類的分量驚人，有人則是說麵很美味，但感覺也可能是以大海為背景所拍的認證照造成的。

爺爺正在擦桌子，我問起奶奶的近況，爺爺說奶奶去爸爸家了。在我還小時，奶奶也常來我們家，看來即便爸爸上了年紀，奶奶向著兒子的心仍一如既往。

「555計畫到底是什麼啊？」我才剛坐下，爺爺就立即問道。

但我也是一知半解，只能照聽來的解釋給爺爺聽。

「自我開發、自我成長？就是那類的計畫。思考我是誰、擅長什麼，研究往後要過什麼工作。靠自己一個人有困難，所以有四名導師，嗯，就是提供協助的……」

「我也知道導師是什麼意思。」

「也就是說受訓學生定期和導師見面，結業時必須所有人在特定地點一起待上兩天一夜，總共全部要湊滿一百個小時，工作時數則是四百小時。」

「比起成天坐在書桌前，身體力行學習固然更好，但時間好長啊。馬上就升二年級了，會不會影響課業？為什麼非得在這時候參加呢？」

我的腦袋瞬間開始高速運轉。看來媽媽並沒有說明原因。雖然離婚時關係就結束了，但媽媽肯定不想說對自己不利的話題。那麼，我也就不需要特地公開了。

「嗯，因為我已經到了思考未來的年紀，加上參加這項計畫的學長也推薦。打工只有週末做，當成運動就行了。您也會給我薪水吧？」

「如果你有好好做事的話……打算混水摸魚就別開始，爺爺可不會放水。」

感覺我的心思被看穿了，所以嚇得縮了縮身子，但我仍駕輕就熟地說：「當然囉，我會認真做的。」

「客人來的時候要指引他們停車，其他時間就負責打掃和擔任廚房助手。」

見我點點頭，爺爺拿出了兼職人員勞動合約，上頭有寥寥幾個空格。

「雇主○○○，以下稱甲方，雇員○○○，以下稱乙方……」

讀完第一行，爺爺就依序寫下李甲癸、李鎮穆。甲方、乙方這兩個詞勾起了微妙的感覺。爺爺徵求我的同意，寫下了期間和薪資。寫完後，爺爺將文件轉向我，我則寫上地址、身分證號碼、姓名和電話後簽了名。就在我充滿感慨地收下生平第一張合約的那一刻，爺爺說他有個請求。

「那個導師啊……就讓爺爺來代替你爸爸吧。」

我以為自己聽錯了。爺爺明明就說自己年紀大了，學歷也不亮眼，現在卻說要擔任導師？

「既然你都到爺爺家來工作了，也不能不跟你說。最近你爸爸是一個人住。」

「為什麼……」

我不想說出繼母這個字眼，含糊帶了過去。

「這次……還吃上了官司，所以事情鬧得更大了。」

爺爺雖然省略了主詞，但我完全聽懂了，而就在那一刻，我想起了以為已經遺忘的種種畫面。摔毀各種物品、毆打我們，到了隔天就下跪求饒的爸爸；原本無比溫柔，轉眼又突然冷酷無情的臉孔和一雙大手……

我的呼吸變得急促，不禁打了個寒顫。在突然湧上的記憶之中，如落水般不斷揮舞掙扎。

「忙著討生活而沒能好好教子，是我莫大的罪過……要說是機會倒也沒錯，那個導師就由我來當吧，現在爺爺才明白你媽媽送你來的原因。」

雖然沒有完全搞懂爺爺說的話，但我沒有追問。我只勉強領悟到爸爸不能當我的導師，這樣就夠了。

◇

寒假的日子平靜無波，我沒有去離家近的補習班，而是到學校附近的補習班。並不是因為裡面有對我示好的女學生，而是喜歡在通車一小時的巴士上遇見的性感女孩們。還有，那種蠢蠢欲動的感覺又回來了。肉眼不可見的某樣東西在我胸口的某處躁動，令我情不自禁地按下快門。我的腦袋要比任何時候都清晰，手指掌握的時機也很精準。不一會兒，恍惚感在深夜裡來訪，我靠著這股動力認真讀書，一點一點地當回溫柔貼心的兒子，打工時也很勤快。

打破我的和平的是一通電話。我坐在電腦前，正在聽網路課程。雖然顯示是陌生來電，但因為連續打了好幾通，我只好按下通話鈕。這時我正因為好一段時間沒聯繫的民載連續好幾天打電話來，心中莫名起了疙瘩，

「我是國文老師。」

儘管瞬間整顆心往下一沉，但我清了清嗓子，恭敬地打了招呼。

「我就單刀直入地說了，你有見到民載嗎？應該有通電話吧？」

我很快速地動了動腦，但完全不懂這是怎麼回事。

「啊，沒有耶……」

「民載在群組散布我們學校女同學的照片，瞬間就傳開了。聽說那是你拍的？」

「我不知道您在說什麼。」

「喂，李鎮穆，你又打算裝蒜嗎？你以為欺騙我們，對班導隨便編個藉口，轉學一走了之就沒事了嗎？真沒想到連你媽也這樣。以為利用關係好的老師封住別人的嘴，這件事就會了結。總之，這次沒辦法就這麼算了，之後會召開校園暴力委員會，也會傳喚你出席。」

「您說話太……」

雖然我震驚又生氣，但馬上意識到自己失言，於是閉上了嘴。

「太過分嗎？朴秀晶老師從那時開始就沒辦法再教男生班了，你卻說我講得太過分？她擔心自己的照片會在哪到處流傳，每天為失眠所苦，你卻說我講話太過分？」

面對一次也沒聽過的惱怒口吻，我不自覺地關掉了智慧型手機。我的雙腳狂抖不停，手心也全是汗水。丟到床上的手機再度響了起來，彷彿一頭可怕的猛獸在嚎叫。我從來就沒有對任何人洩漏我的百寶庫，照片卻流出去了？這根本不可能！

我站起身，在房間內緩緩踱步，慢慢調整呼吸，讓心情鎮定下來。民載、民載、民載……我就像在翻檔案般在腦海中扒啊扒。過了很久，我才想起一個記憶。把國文老師提及學校女學生的說詞結合在一起，頓時腦中一顆燈泡亮了起來。

我如同一枚飛出去的子彈，迅速坐在書桌前打開電腦，在郵件收件夾目錄中找到「地區探訪報告書」後點了進去。蔚山1、蔚山2、蔚山3、校生4……啊，我頓時屏住呼吸。代表我們學校學生的「校生4」莫名被夾帶進去了。我怎麼會這樣？我不是會犯這種錯的人。我總是將百寶箱鎖得緊緊的，夜深人靜時才會獨自進入。怎麼會發生這種事？

我想起了先前連連豎起大拇指的民載。這段時間竟然一直佯裝不知，真是個陰險的傢伙。既然看到了就獨享啊，何必現在才來公開，真是個骯髒齷齪的王八蛋。我頓時感到口乾舌燥，於是打開房門到了外頭，看見媽媽正在客廳的角落放聲大哭。見我想要靠近，媽媽揮了揮手，媽媽的手上拿著智慧型手機。

面對這頑強的拒絕，我停下了腳步。媽媽哭還不夠，現在還把頭往牆壁砰、砰撞了起來，我只好進退兩難地喃喃自語，幹，我死定了……

作家的話

我在學校待了很長一段時間，在裡頭經歷各種大風大浪後，經常萌生學校和社會或國家並無二致的想法。根據管理者設定的藍圖與實踐力，組織內成員的生活也會隨之盪鞦韆；由於風格上的差異，對待其他老師同事時，也常不知所措。唉呀，教室可真是社會的縮小版啊。

雖然是以學生之名概括來說，但想必各位青少年讀者也明白，其中有成千上萬種學生，每個人也都是獨一無二的，所以我從很早就開始提醒大家：「青少年也是人。」

如同所有人的生活，青少年也會隨著自身氣質和性向，在挫折、成就、相信與背叛、合作與孤立之間來回。儘管事件與事故比比皆是，但校園暴力或教權侵害亦是不能輕忽的嚴重問題。若是不能體認到錯誤，就這麼打發過去，青少年就可能做出更殘忍的行為，變成犯下扭曲犯罪行為的大人。

最近我透過各種媒體，看了不少校園電影與電視劇。精緻的影像是基本的，探討青少年問題的態度和敘事開展也相當出色，令人沉迷，甚至想一口氣把整個系列看完。於此同時我也不禁自慚形穢，影片都這麼有趣了，有誰還會想讀小說呢？但我很快就轉念了，深信文學這個類型能帶來想像與思考的力量。

這個故事是改編自數年前的真實事件，亦是學校、學生、家長企圖粉飾太平的事件。但願我的發言，能在各位讀者心中種下思考的種子。

我們學校有怪物

鄭明燮

1973 年生於首爾，曾是任職大企業的上班族與咖啡師，現為全職作家。書寫類型多元，並經常透過廣播、Podcast、學校與圖書館演講與讀者交流。代表作有《孫濁小姐》、《南山谷兩位記者》、《消失的趙宇闕》、《上海臨時政府》等。

「喂！趕快念書！別再看什麼YouTube了。」

才剛進門，坐在沙發上看電視的媽媽就像機關槍般嘮叨個不停。今年上高中後，媽媽的嘮叨就更嚴重了。東宇急著回房看YouTube，隨便應了句「知道了」就趕緊進房了。儘管外面傳來要他吃飯的呼喚，但那個現在不重要，因為東宇訂閱的YouTube頻道「恐怖偵探」跳出了通知。這個頻道的影片有趣到不行，還會展現神妙的劈斬神功，每次都讓東宇對下一集滿懷期待。

今天放學路上跳出了通知，一小時後將會播放最後一集。東宇立刻打破原本說好要去網咖打遊戲的約定，立刻衝回家。聽到東宇要回家的理由，朋友民錫一臉無言，說YouTube不是隨時都能看嗎？等打完遊戲再回家看不就好了。但東宇斬釘截鐵地拒絕了。民錫又說他可以邊看手機邊打遊戲，東宇也說不行，因為他想用房間裡的大螢幕觀看。

還沒坐定位，東宇就打開電腦，接著像蛇在蛻皮那樣把書包和衣服扔了一地，一屁股坐了下來。電腦一開機，他就點擊滑鼠，進入「恐怖偵探」頻道。看到新影片已經上傳，東宇不由得發出歡呼聲，立刻戴上耳機。播放影片後，畫面暫時暗了下來，接著恐怖偵探身穿中世紀黑死病時代那種醫生會戴的鳥嘴面具現身，他十指交扣並凝視鏡頭，接著突然摘下了面具。恐怖偵探從來就沒有在頻道摘下面具過，東宇不禁打了個寒顫。

「哇啊！」

更教人震驚的是，摘下鳥嘴面具後的恐怖偵探居然是一副藍色蜥蜴般的臉孔。東宇嚇壞了，忍不住發出慘叫。

「搞什麼啊！」

過了幾秒鐘，他才後知後覺地意識到媽媽人在客廳，於是趕緊摀住嘴巴。幸好媽媽可能沉浸在電視劇中，沒什麼反應。東宇緩緩將手移開嘴巴，豎起耳朵仔細聽畫面中那個有著爬蟲類臉孔的恐怖偵探在說什麼。

－各位是不是嚇到了呢？這是特地拜託做特效化妝的朋友幫我畫的，但我在照鏡子時也覺得好嚇人。

「真的，差點嚇死我。」

東宇的語氣就像在和朋友對話。身為邊緣人的東宇只有民錫這個朋友，但就連民錫也好像是因為東宇會出打遊戲或投幣ＫＴＶ的錢，才跟他玩在一起。東宇家的經濟狀況不是特別富裕，運動或讀書方面也不出眾，再加上小心謹慎的性格及不起眼的外貌，自然而然就走上了邊緣人之路。

無法和任何人交心，東宇於是沉浸在YouTube的世界中。從遊戲到吃播，東宇什麼類型都看，而他最近著迷的正是「恐怖偵探」。經營「恐怖偵探」的YouTuber說了許多教人嘖嘖稱奇又恐怖萬分的故事。從韓戰與越戰時期，韓國軍隊與外星人戰鬥，到一九七六年青瓦臺上空出現幽浮後，青瓦臺就開始進行韓國版藍皮書計畫[3]等興致盎然的故事。最近，YouTuber還說起有關爬蟲外星人的陰謀論。

—各位知道爬蟲外星人嗎？

「當然啊，上次不是有說過。」

之前影片的最後就提到了爬蟲外星人的存在，還說是下一集的主題。東宇已經翻遍了網路，覺得這主題一定超有趣，所以滿心期待下一集更新。

—「Reptilians」是把代表爬蟲類的「Reptile」與代表外星人的「Alien」結合後創造的單字，也就是爬蟲外星人。年輕的朋友可能不太清楚，不過我小時候《V星入侵》這部美劇曾颳起一陣旋風。很多孩子都被裡面爬蟲外星人黛安娜吞下老鼠的畫面嚇壞了。

「我也是。」

畫面一側跳出女外星人張開大嘴生吞老鼠的的模樣，因為拍得實在過於粗劣生硬，東宇忍不住笑了出來。

「有夠粗糙的。」

畫面中黛安娜摘下半張臉皮的臉，與恐怖偵探用特殊化妝呈現的爬蟲外星人很相似。恐怖偵探依舊保持十指相扣的姿勢，繼續說：

—可是呢，爬蟲外星人並不只存在於電視劇，而是實際存在的，甚至有人主張牠們就在你我身邊，只是這些主張都只被視為陰謀論。你問這是什麼意思？要是像我這樣的人主張爬蟲外星人真實存在，多數人都會反駁說，我是小時候看了太多電視劇，甚至會說那種東西只有電視劇才會出現。最容易擊潰一種主張的方法就是完全忽視，再來就是嘲弄，比方說：「你是分不清電視劇和現實嗎？」這類的。

說完這段話後，恐怖偵探自顧自笑了許久，才再度露出認真的眼神，凝視鏡頭。

—但是，證明爬蟲外星人從許久之前就在你我身旁的證據比比皆是。讓我們來看看資料畫面—附帶一提，大家一定是初次見到這種畫面，而這當然是因為有太多人企

3 美國空軍為調查不明飛行物（UFO）而成立的研究計畫，成立於一九五二年。

圖隱藏。

畫面跳轉，上頭依序出現連東宇也認識的幾位知名人士。

「從歐巴馬、希拉蕊、比爾蓋茲到英國伊莉莎白女王都有耶，可是他們的眼睛都好奇怪。」

畫面瞬間靜止，這些人的眼球都變成了三角形。美國的黑人主播也在播報新聞中途突然被嚇得身體震了一下，接著像蜥蜴般吐出長長的舌頭。還有其他新聞主播在說話時，突然有東西從耳朵蹦了出來。用一般畫面時看不太出來，但用接近靜止畫面的慢動作去看，一舉一動就看得非常清楚。正當東宇震驚得連嘴巴都闔不起來時，恐怖偵探以低沉的嗓音說道：

－各位嚇到了吧？這只不過是開始。我們所熟知的知名政治家、企業家及藝人中，有相當多的人都是來自外星球的爬蟲族外星人。此時牠們正披著人類的外皮，生活在你我身旁。

「我的天啊……」

這故事太令人興奮又太恐怖了，東宇聽到渾然忘我。就在這時，恐怖偵探接著說：

——甚至啊，記得我以前說過吧？那個名氣響亮的猶太裔羅斯柴爾德家族[4]，也有足以讓人相信他們是爬蟲外星人的種種證據。

「太扯了！」東宇雙手抱著頭。

恐怖偵探繼續滔滔不絕：

——光明會和共濟會都只是爬蟲外星人的手下罷了。他們從多年前就宣示自己的忠誠，供其差遣。記得上次我告訴大家，他們掌握了多麼強大的勢力吧？

「當然啦，看完那個後，我害怕得好幾天都睡不好耶。」

——即便是那樣的組織，在爬蟲外星人面前也猶如不敢在大貓面前造次的鼠輩，而羅斯柴爾德家族也被爬蟲外星人掌控。我會把好不容易逃出牠們魔掌的家族成員與媒體人大衛・艾克在某次訪談披露的影片留給各位。請各位在節目結束後務必收看。而我們也能在此提出一個終極問題：這些外星人為什麼要隱藏真實身分，假裝成人類，偷偷混進我們之中呢？

東宇也好奇得不得了，他嚥了嚥口水，仔細聆聽。

4 Rothschild，十九世紀初歐洲最富有的金融家族，曾被評為「歐洲第六大勢力、擁有全球一半財富」。

—就是為了將人類打造成奴隸啊！牠們是想支配地球。下一個畫面就藏有真相。

畫面跳轉，某個奇怪的東西出現了。東宇幾乎要將整張臉貼到螢幕前，自言自語道：「這是什麼地圖啊？」

—這是「大覺醒地圖」。看這邊就可以看到隱藏在你我身邊的真相。我所關注的是這邊的右下角，也就是南極旁邊。大家能看到寫了什麼嗎？

東宇讀出畫面上顯示的字體。

「銀河聯盟太陽系艦隊……在冥王星的軌道待命中……？」

—爬蟲外星人是銀河聯盟的首腦。牠們從本星派來的艦隊正在冥王星的軌道上待命。我怎麼會知道？二〇〇六年，冥王星莫名被排除在太陽系的行星之外，理由就在於它太小了，這也導致冥王星在我們的記憶中消失。這是因為隨著地球的航太技術成熟，開始探索冥王星，如此一來，在那軌道上的艦隊就可能會被發現，所以才將冥王星排除在外。誰有這種權力做出這種事？冥王星從以前就是冥王星，未來也會是冥王星，為什麼要被排除在太陽系之外呢？這根本就是為了隱瞞我們在那裡的某樣東西所要的手段。

聽到恐怖偵探提高音量，東宇也握緊了拳頭，忿忿說道：「沒錯，絕對是為了隱藏什麼！」

—還有一件事。人類已經在一九六〇年登陸月球了，接下來不是應該登陸火星嗎？但我們的開發計畫反而退步了，只以所費不貲為由持續延宕，直到最近才開始再度嘗試前往月球。宇宙探索之所以停滯數十年光陰，都是為了隱藏在冥王星的爬蟲外星人艦隊的存在。那麼，牠們何時會闖進來呢？時間不遠了，各位。

「時間不遠了？」

東宇的整顆心撲通一聲往下沉。雖然學校無聊得要命，媽媽又很嚇人，但想到要是變成爬蟲外星人的奴隸，一切就會化為烏有，網咖和投幣KTV也都可能不見，東宇突然害怕起來。

「大覺醒地圖」再度出現在畫面上，恐怖偵探的聲音響起。

—各位看到地圖左側「巨大太陽風」小字了嗎？就在「巨大覺醒」上方。

「看到了。」

—據說太陽的黑點正在逐漸擴大，但學術界和媒體界完全沒有人提及。當太陽的黑點超過臨界值，威力無窮的太陽風就會席捲地球，那麼地球文明也將會毀於一旦。冥王星軌道上的爬蟲外星人艦隊會在這之後來到地球。既然文明已遭到毀滅，人類也就無法抵抗了。那些爬蟲外星人假扮的權貴與企業家將會煽動人類，告訴他們抵抗是無謂之舉，打擊我們的抵抗意志，最後，我們就會變成來自外星球的爬蟲類的奴隸。

「這樣就慘了耶！」

恐怖偵探彷彿能聽到東宇說話似的，接著說：

—這就是爬蟲外星人隱藏真實身分，躲在你我身旁的原因。即便此時此刻，牠們也正在策畫陰謀，為的就是將我們打造成奴隸。我們該怎麼做呢？

「當然是跟牠們作戰。」東宇攥緊了拳頭。

—我們必須為了活得像個人而反抗。爬蟲外星人的存在對我們造成了莫大威脅，目前也有許少爬蟲外星人在我們身旁。

「真的嗎？」

恐怖偵探就像與震驚的東宇一搭一唱似的，加重了力道。

—正是如此！韓國也有爬蟲外星人，而且不只一、兩個，而是有為數驚人的爬蟲外星人在各位身邊。

說話的同時，他還朝著畫面指指點點。

東宇將手覆在胸口上說：「不是我，絕對不是。」

—我們收到可靠的情報指出，在學校裡尤其多。

「學、學校？」

—這可說是我國獨有的特徵。剛開始接收相關情報時，我還摸不著頭緒，但立刻進行了考證，好不容易才找到答案，那就是爬蟲外星人打算把我們都變成傻子。

聽到恐怖偵探所言，東宇也不自覺地點頭：「沒錯。」

雖然在學校也有好老師，但也有不少舉止詭異的老師。東宇心目中的好學校，應該要更照顧像自己一樣不幸的邊緣人，但除了寥寥幾位老師，其他人都只關心會讀書的孩子，或是根本對學生漠不關心。

「最近學校真的是……」

恐怖偵探彷彿看穿了東宇的心思。

—大韓民國是首屈一指的教育強國。講白一點，我們有很多資源嗎？國土遼闊嗎？小小一塊地分成了兩半，甚至還發生戰爭，完全是從一貧如洗的情況下開始的。先天與後天條件受限的我國之所以能成為先進國家，靠的就是教育，所以爬蟲外星人才會試圖掌控我國教育界，而不是掌握權力或財力。為什麼？因為搞政治或大企業的傢伙都貪汙腐敗，不需要爬蟲外星人出手，靠共濟會就可以整頓了。但教育就是另一個問題，爬蟲外星人從十年前就開始隱密地滲透教育界，為的就是搞垮我國的教育。正在聽這節目的學生們，想必都明白我說的是什麼意思。

「當然囉，再明白不過了。」東宇正色地頻頻點頭。

就拿今天來說好了，雖然奇政違反了禁菸的校規，但因為他家很有錢，所以沒有受到任何處罰，就只有和奇政一起抽菸的朋友藝俊受罰。但不只藝俊，就連同班同學也都絕口不提奇政，因為要是說實話，反而會遭到排擠，說他亂打小報告。

－各位，學校裡有名為爬蟲外星人的怪物，要是不趁早殲滅牠們，我們就會成為爬蟲外星人，以及與牠們狼狽為奸的叛徒底下的奴隸了。您想過這樣的人生嗎？

「不！絕對不要！」

被戲稱為「舊公寓乞丐」（住在舊公寓的乞丐）就夠讓人恨得牙癢癢的了，東宇可不想再受到更慘的待遇。他帶著迫切的心情，不自覺地大聲回答，而就在這一刻，恐怖偵探從桌子底下拿出某樣東西，擱在桌上。看起來是個長形的罐子，上頭有著塑膠蓋。

「長得好像定型噴霧？」

東宇喃喃自語時，恐怖偵探拿起了罐子。

──這就是能夠制伏爬蟲外星人的武器Raptor-22，是和我合作的外星人防治研究室在絕對機密的情況下製作的。只要拿著它對爬蟲外星人的臉一噴，牠們的假皮膚就會融化，我們就能趁機制伏牠，讓牠們現出原形。

「啊哈！這樣就能揭開牠們是爬蟲外星人的身分了！」

恐怖偵探左右搖晃著Raptor-22。

──原本這只是極機密生產的極少量產品，要價不菲，但為了實現正義，我就用便宜的價格賣給各位。一罐兩萬元，三罐一組五萬元，運費另外算。只要按下YouTube畫面下方的「了解詳情」就會出現購買連結。雖然大家可能覺得價格很貴，但相較於懷疑自己身邊有沒有爬蟲外星人，不安地生活，這是絕對必需的物品。

「當然了，再貴也要買起來。」

──請銘記在心，只有非常確定時才能使用，而且絕對要保密，我也預計在二十四小時後讓這部影片自行銷毀。

看著一臉認真的恐怖偵探，東宇突然提心吊膽起來。

「情況有這麼危險嗎？」

──各位絕對不能把今天聽到的事告訴任何人，以免各位可能神不知鬼不覺地就人間蒸發。向我舉報相關情報的人士之中，有些人已經聯繫不上。雖然我報了警，但警方以我並非家人為由拒絕受理。爬蟲外星人就在你我身邊，特別是很可能就在學校，請心懷警戒，抱持草木皆兵的心態。唯有如此，各位才能得知真相、戰勝爬蟲外星人。

恐怖偵探高舉雙臂，說話音量越拉越高，東宇也跟著興奮起來。

「當然了，我深信不疑！」說著，東宇突然領會到一件事。「搞不好我們學校也有耶。」

正如恐怖偵探說的，不需要捨近求遠。像不久前發生的事就很莫名其妙，可以看出學校一天比一天不正常，一天比一天退步。

「我們學校一定也有爬蟲外星人。」

當懷疑轉為確信的那一刻，恐怖偵探的高喊也在東宇耳畔響起。

－我們有自由生活的權利，不該成為任何人的奴隸。請站出來反抗吧！我們必須奮戰，只要同心協力，爬蟲外星人絕對無法稱心如意！

就在東宇鼓起勇氣，正要說出「我願意奮戰到底」的那一刻，他的後腦杓感受到一股莫大的衝擊，差點以為爬蟲外星人現身了，轉頭一看，卻看見比那更恐怖的生物。

「媽媽？」

「你這臭小子！也不讀書，是在看什麼？」

看著橫眉怒瞪的媽媽，東宇慌忙點了點滑鼠，打算把影片關掉，但媽媽的嘮叨比他的動作快了一步。

「我正納悶你在做什麼，進來卻發現你在看這些有的沒的。那是什麼？蜥蜴嗎？」

「不、不是啦！媽媽不用知道。」

「什麼不用知道？要是不想讀書，就別當媽媽的吸血蟲，乾脆去工廠上班吧。」

好不容易把罵個不停的媽媽推到門外，東宇鎖上房門後用背部抵住門。雖然媽媽手腳齊發地撞了幾下門，但可能累了，門外很快就沒了聲響。東宇這才鬆了口氣，又快步回到螢幕前，趕緊按下「了解詳情」後點進連結，來到Raptor-22的購買網站。

雖然東宇想刷媽媽的信用卡，但要是這麼做，可能真的會被趕出家門。最後只能向媽媽謊稱要買參考書，再把存起來的私房錢拿來花。幸好最近沒花什麼錢，所以可以買到三罐。東宇決定明天上學時再去轉帳。訂好後，他終於鬆了口氣。

「我們學校一定有爬蟲外星人。」

◇

從隔天開始，在學校的東宇已經無心上課，而是開始進行觀察，尋找收到Raptor-22後要對付的爬蟲外星人。東宇留心察看著，馬上就想到好多可疑的嫌犯。

首先，把學生視為毒蛇猛獸、動不動就發脾氣的教務主任是頭號嫌犯。他總是將手背在後頭晃來晃去，脖子挺得高高的，目光往下睥睨學生，那模樣看了真不舒服。而且他很愛嘮叨「想當年我還是學生的時候啊……」那類的，更是徹底澆熄學生們的熱情。教務主任特別愛當面無視那些功課不好的學生，這根本就是處心積慮要搞垮韓國教育的典型爬蟲外星人會有的行徑！東宇通常會在走廊上遇見教務主任，但因為周遭人太多，只能先裝傻。雖然他也想過要不要去教務處看看，但也因為那裡老師太多而作罷。

下一個嫌犯是班導。臉色蒼白憔悴、戴著一副眼鏡的李美拉老師原本還算是不錯的老師。她很關心學生，也會介紹很多書給他們，可是這次身為班長的奇政被抓到抽菸時，老師卻做出只處罰其他同學、放過奇政一馬的惡行。東宇對班導的失望感比教務主任更強烈，當然要把她列入爬蟲外星人的候選名單。

最後被點名為爬蟲外星人的候選人還有一人，就是學校的警衛叔叔。因為他戴著牛仔帽、趾高氣昂地走來走去的樣子，實在太詭異也太倒胃口了。

他總愛說自己是特殊警察出身，只要看到別人的眼睛就能馬上知道對方在想什麼，老是勸告東宇最好別胡思亂想。而且他愛管閒事的範圍就跟太平洋一樣寬，一下子管女同學的裙子太短，一下子嫌男生的行為舉止太像女生，成天嘮叨個沒完。每次聽到都覺得心情很差，但東宇猜想，會不會是因為他很討厭學校？

東宇大致在內心決定了幾個爬蟲外星人的候選人，這時訂購的 Raptor-22 也送達了。包裝看起來就是不折不扣的定型噴霧，而把寫著 Raptor-22 的貼紙撕去後，也出現了定型噴霧產品的商標。雖然東宇稍微起了疑心，但他認為這是為了混淆爬蟲外星人的視聽，也就沒繼續多想。

隔天，東宇將 Raptor-22 放進書包，帶著悲壯的覺悟上學去。說來也奇怪，自從那天後，恐怖偵探就再也沒有出現在 YouTube 上了。以前無論如何，他都會在三天內更新，這次都過一個禮拜了，卻不見任何新影片。雖然關於爬蟲外星人的影片依他的事前公告銷毀了，但沒有更新其他影片實在很反常，東宇有預感，一定發生了什麼事。

「一定是爬蟲外星人幹的！」

東宇全身起了雞皮疙瘩，內心也跟著害怕起來，甚至懷疑媽媽會不會就是監視自己的爬蟲外星人，在發現自己觀看「恐怖偵探」頻道後向內部告發了。不過媽媽每天都工作到深夜，回家也都在追劇，應該不是爬蟲外星人。若真要籌畫什麼陰謀、進行監視之類的，媽媽看起來實在太忙也太累了。東宇胡思亂想著，一邊走向學校，突然有人拍了一下他的後腦杓。是爬蟲外星人的攻擊嗎?!東宇嚇得回頭看，幸好不是爬蟲外星人，而是民錫。

「喂！你在想什麼啊，我叫你好幾次都沒回答。」

「哦，你叫我喔？」

「靠，我從站牌那就開始叫你了，要你等我一起走。」

「抱歉啦，我在想其他事。」

東宇隨便敷衍了一下，但好奇心是全校第一的民錫纏著他繼續問：

「想什麼？最近也不跟我一起去網咖，交女朋友囉？」

「唉唷，我哪來的女朋友啊。」東宇解開纏住他脖子的手臂嘟噥著。

民錫也點點頭附和，「也是，我們這種邊緣人加舊公寓乞丐，能交到什麼女朋友？」

聽民錫這麼說，東宇有些惱怒。

「只有我是舊公寓乞丐好嗎？你明明就住大樓，過得也比我好，還在那邊。」

「管他是舊公寓或大樓，都半斤八兩啦。對了，我不是大樓乞丐，而是艾莎喔。」

「那又是啥？你住冰雪王國喔？」

「不是啦，是『住LH的人[5]』的意思。」

聽完民錫解釋，東宇不禁搖搖頭。

「我想來想去，都覺得學校是個戰場。」

「當然囉，是殺得你死我活的戰場。」

即便民錫與自己一搭一唱，東宇還是滿腦子都在想爬蟲外星人的事。爬蟲外星人一定是把學校打造成了戰場。他們降低了大家的學力水準，把學校搞得滿目瘡痍，所

5 原文為「엘에이치에 사는 사람」之縮寫「엘사」，發音類似Elsa。LH為韓國土地與住宅公社，為社會住宅。

以學校才會有這麼多令人費解的事情。

突然，民錫很煩躁地說：「他又在幹麼啊？」

民錫所說的「他」正是學校警衛。他張開雙腿，雙手插在腰際上，擋住了學校的正門，露出不可一世的表情。用一句話來形容他，就是很惹人厭。但管他的，同學們照樣經過他身旁，視若無睹地走進校門。東宇也跟其他同學一樣低著頭，打算快速通過警衛叔叔身旁，這時卻聽見他低沉的嗓音。

「東宇啊。」

「什麼？」

聽到警衛叔叔喊自己的名字，嚇一跳的東宇抬頭望著他。

戴著牛仔帽的警衛叔叔一臉傲慢地說：「你看到大人也不打招呼？」

剛才其他同學也都沒打招呼就走過去了，警衛叔叔就只會找自己的碴。但東宇還是害怕多於煩躁，因為感覺警衛叔叔好像看穿了他的書包裝了什麼，以及他是懷抱什麼想法來學校的。東宇很怕書包裡的 Raptor-22 會被發現。果不其然，警衛叔叔歪著腦袋，盯著東宇的書包。

「你的書包鼓鼓的，看來裡面除了教科書，還裝了別的東西呢。」

東宇心想「完蛋了」，但同時想到了藉口。

「是飲料。」

「學校明明就有販賣機啊。」

正當東宇要繼續找藉口時，民錫插嘴道：「叔叔，我們得趕快進教室了。」

「為什麼？」

「老師要我們早點進教室唸書。」

「哎喲，這樣講孩子們就會唸書了嗎？還不是沉迷於遊戲和 YouTube。」

感覺警衛叔叔是衝著看「恐怖偵探」的自己說的，東宇一下子腦袋當機，幸好民錫的辯解發揮了效用。

「趕快進去吧。」

民錫恭敬鞠躬，道了聲謝後，拉著東宇走進校門。

東宇如釋重負地鬆了口氣，對民錫說：「謝啦。」

「小事一樁。不過你幹麼這麼害怕啊？」

「我、我哪有害怕？」

「你看起來就像犯了什麼罪一樣啊，所以我才會幫你說話。」

「別胡說八道。」

就算再要好，也不能在不知道誰是爬蟲外星人的情況下說出這個機密。就算對方不是爬蟲外星人，也有可能是牠們的手下。歪頭納悶的民錫噗哧笑了出來。

「你今天真的很怪耶，難道你知道嗎？」

「知、知道什麼？」

東宇大驚失色，民錫則皺起眉頭，轉頭看了看四周。

「你幹麼這麼大驚小怪啊？」

東宇帶著「不會吧」的念頭，狠狠瞪著民錫問道：「到底是知道什麼啦？」

這次換成民錫迴避視線。

「沒有就算了啦，我去一下廁所，你先上去吧。」

民錫突然以上廁所為藉口，一溜煙就不見蹤影，獨自留在原地的東宇稍微起了雞皮疙瘩。不管是在數百名學生中偏偏要跟自己搭話的警衛叔叔，還是看起來有別於平時的民錫，都很可疑。

「這是怎麼回事？」

偏偏就在帶 Raptor-22 來學校的這天發生了這些事。東宇認為這下誰都不能相信，腦筋開始高速運轉。

站在階梯前的東宇從書包中取出一瓶 Raptor-22，然後將書包放入走廊上的置物櫃。他將 Raptor-22 藏在走廊盡頭的垃圾桶後方，還有兩罐留在書包裡。接著，他帶著誰都不能相信的念頭看了看四周，卻發現好像有幾個人原本盯著自己，之後又裝沒事。東宇心想，果然有哪裡怪怪的，必須小心行事。就在他打算走向教室時，好死不死卻撞見了教務主任。不苟言笑的教務主任低頭俯視著笨拙問好的東宇。

「喂！韓東宇。」

「是的，老師。」

「我都有在盯著你。」

聽到教務主任劈頭就說在盯著自己，東宇一臉發愣，抬頭望向教務主任。

教務主任皺起眉頭說：「是叫你好好表現。」

「我、我會好好表現的。」

雖然不知道是要好好表現什麼，但總之就先答應了。教務主任用意味深長的眼神注視著東宇，接著邁開步伐。教務主任一經過，原本走廊上喧嘩吵鬧的學生猶如海水退潮般往後移動，讓出路給他走。東宇忐忑不安地望著教務主任消失在走廊盡頭。

「早知道就試著噴他一次看看。」

無論怎麼看都覺得教務主任是爬蟲外星人，東宇卻鼓不起勇氣，他就這樣目送教務主任的背影遠去。這時突然響起民錫的聲音。

「你在幹麼，怎麼不上樓？在等我喔？」

看到民錫不知道在高興什麼的臉，東宇不禁起了疑心。即便兩人算滿熟的，但也沒到這種程度。看到東宇一臉陷入苦惱的表情，民錫尷尬地拍了一下東宇的肩。

「走吧，上課要遲到了。」

這也很不尋常，因為民錫很討厭在上課鐘聲還沒響之前就進教室。東宇被半拉著往前走，開始煩惱該把 Raptor-22 先用在誰身上。進入教室後，東宇坐在座位上，稍後進門的班導今天的氣色看起來格外蒼白，甚至讓人覺得她的臉是一張面具。東宇暗暗心想，今天可疑的人物特別多。就在這時，班導開口了。

「今天奇政身體不舒服，沒辦法來上課。請副班長代替奇政收齊同學們的手機，然後拿去教務處放。」

簡短交代完，李美拉老師隨即走出教室。

東宇見狀，不禁喃喃自語：「好奇怪。」

「有什麼奇怪的？」

聽到坐隔壁的民錫這麼問，東宇心頭一驚，但看到民錫好奇得要命的表情，只能開口。

「老師本來不是都會說很長一串嗎？現在卻連個『書』字都沒提。」

「老師最近一定忙翻了啦。」

彷彿知道什麼內幕的民錫露出意味深遠的微笑。東宇看到後，心想今天的怪事還真多。但這只是開始，到了午休時間，東宇抽空去了置物櫃，卻發現放在書包底部的 Raptor-22 消失不見了，明明教科書和其他東西都還在啊。

「真是見鬼了。」

東宇呆站著自言自語，民錫卻突然冒出來問他：

「你在幹麼？」

東宇感覺民錫從剛才就在監視自己，趕緊關上了置物櫃的門。

「喔，沒有啦，你要去哪？」

「我打算去操場上晒一下太陽，要一起嗎？」

「不用了，等一下教室見。」

東宇隨便掰了個理由，正打算去別的地方，民錫卻一把抓住他的肩膀。

「怎麼了？」東宇問道。

民錫語帶猶豫地說：「放學後你要做什麼？」

面對這突如其來的詢問，東宇含糊地回答：「不、不知道耶。」

「那跟我聊一下吧。」

「聊什麼？」

「有事要講就對了，放學後見。」民錫不等東宇回答就閃了。

看著民錫走下樓梯的背影，東宇忍不住懷疑這會不會是個陷阱。

這一切都太巧了嘛，我帶了 Raptor-22 來學校，大家就迫不及待地跟我搭話，甚至還傳送出『我在盯著你』的信號。

最關鍵的是，放在置物櫃的 Raptor-22 神不知鬼不覺地消失了。原先盯著置物櫃的東宇觀察起周圍，小心翼翼地朝走廊盡頭的垃圾桶走去。他假裝要丟衛生紙，悄悄檢查了一下垃圾桶，幸好這裡的 Raptor-22 還在。東宇鬆了口氣，但他擔心有人會看到，於是趕緊轉過身，同時喃喃自語：

「我們學校裡絕對有怪物，我得想個計畫。」

午餐結束後，直到最後一節下課為止，東宇都在心底制定計畫。他必須想出一個滴水不漏的計畫，不但重新思考了好幾次，還在腦中試著模擬。以前總是聒噪個不停的民錫，今天只是默默在旁觀望；一天也很難見到一次的教務主任，今天在走廊上遇見兩次；警衛叔叔今天也格外惹人注目。東宇強烈地直覺他們是在監視自己，內心七上八下的，他甚至心想要不要早退，趕緊逃離學校，但很快就打消念頭。

他們一定會追到家裡來。所以我別無選擇，只能在學校揭穿怪物的真面目。

首先最重要的是拿好 Raptor-22，看要怎麼藏起來。

東宇打算趁下課時去拿 Raptor-22，但每次要不是民錫會跟過來，不然就是撞見教務主任，東宇只能放棄。民錫三番兩次用眼神示意放學後有話要說，也讓東宇難以掌握時機。東宇絞盡腦汁，終於定出看起來還頗像一回事的計畫。

我就等放學跟老師敬完禮後，假裝要去上廁所，拜託民錫幫自己拿回手機，把民錫撇下。然後趁假裝去廁所時把 Raptor-22 拿到手。要是看情況不對，就直接拿起來狂噴！

東宇覺得自己的點子真不錯，露出得意的笑容。副班長一把從教務處拿回來的手機盒子放在講臺上，他就迅速站起來，望向民錫。

「我去一下廁所，你先幫我拿一下手機。」

雖然民錫好像說了什麼，但東宇不等他說完，就三步併作兩步從後門出去了。他來到走廊盡頭，拿起藏在垃圾桶後頭的 Raptor-22，可是罐身太長，不太適合藏在衣服裡。東宇最後想了想，從置物櫃取出書包，把 Raptor-22 藏在裡面後回到教室。一打開後門走進教室，正好李美拉老師也回來了，站在講臺前。東宇趕緊回到座位坐下，這時民錫將手機交給了他。東宇偷瞄了一眼表情很不尋常的老師，問民錫道：

「什麼事啊？」

「我也不知道。」

李美拉老師一臉沉重，簡單地向同學們宣布放學。通常老師都會說一下一整天發生了哪些事，還有談論書本或詩作上看到的段落，今天卻跟早上一樣說得很精簡。繼教務主任和警衛叔叔之後，就連懷疑可能是爬蟲外星人的班導舉止也很異常，實在讓東宇大傷腦筋。

我應該先噴誰？應該朝最確定的人噴才對，不然可能會被當成傻子。

就在東宇煩惱這煩惱那時，民錫拍了一下他的肩膀。

「東宇。」

「幹麼？」

「我有話要說。」

「要說什麼？在這裡說吧。」

「這件事必須找個安靜的地方說。」

平常民錫根本不在意這種事，想說什麼就說，今天卻總是過度慎重與小心翼翼。

東宇立刻把民錫追加列入爬蟲外星人嫌犯名單，問道：

「安靜的地方是哪裡？」

「諮商室。」

「那裡半個人都沒有耶。」

聽到東宇這麼問，民錫一邊起身一邊回答：「所以才能安靜說話啊。」

位於一樓音樂教室旁的諮商室，說得好聽是諮商室，其實跟倉庫沒兩樣。雖然這裡是發生校園暴力等問題的學生接受諮商的地方，但說要去那裡，就等於是當著其他同學的面說「我這個人有問題」，所以學生都很忌諱去那個地方，很少在此出入。因此諮商室內的雜物接連地堆積，最後成了非正式的倉庫。

也不是要去寬敞的操場或常去的網咖，偏偏要去那種地方談事情，真是有點怪怪的。但危機就是轉機，東宇反而能夠明確地揭開牠們的真面目。只要一口氣朝群聚的嫌犯一噴，就能揭開隱藏身分的爬蟲外星人了。

好，不入虎穴，焉得虎子！

東宇暗自下定決心，民錫卻抓著他的書包，催他趕快走。想到民錫果然在隱藏什麼，東宇於是裝作拿他沒辦法，跟了過去。民錫彷彿在逃亡似的，在走廊上左看右看，接著做出要東宇跟上的手勢。東宇揹著裝有Raptor-22的書包，開起玩笑：

「幹麼？你是在跑路喔？」

「什麼跑路，誰說我在跑路了。」

民錫略為惱羞成怒的樣子也很可疑。照他原來的個性，一定會當成玩笑話一笑而過。而且，民錫放著寬敞的中央階梯不走，卻從走廊盡頭的樓梯下樓，還四處張望著，彷彿在進行什麼間諜戰似的。說不定是不想讓別人看到他和自己走在一起。看到民錫種種可疑行徑，東宇很肯定爬蟲外星人就在諮商室等著他們。

剛開始牠們一定會軟硬兼施，如果不管用，就會露出真面目……

就在東宇忙著胡思亂想之際，後頭傳來教務主任的聲音。

「韓東宇！你要去哪？」

東宇樓梯走到一半，停下腳步轉過身，就這麼巧，他與把手插進口袋、從上方俯瞰的教務主任對上了眼。東宇趕緊尋找走在前頭的民錫的身影，卻沒看到他躲在哪裡。

「我、我要回家。」

「那你怎麼不走中央階梯，從這裡走？」

面對突如其來的提問，東宇支支吾吾起來，想到什麼就說了出來。

「我、我打算從後門出去，想先在那邊的小吃店吃個辣炒年糕，再、再回家。」

雖然是臨時擠出的回答，但可能頗有說服力，教務主任沒有再追究。不過，他又重複了一次稍早前的話。

「我一直都有在盯著。」

「是的，謝謝老師。」

雖然不知道是在謝什麼，但總之先道謝就對了。教務主任終於閉上了嘴。東宇不停偷瞄站在原地的教務主任，走下樓後，看到在一旁等著的民錫。

「教務主任說什麼？」

「他只說他都有在盯著。」

「盯著？」

面對民錫的反問，東宇點點頭。仔細想想，民錫好像在教務主任一出現就先下樓了，大概是為了避免被拆穿才這樣。民錫思考了一下後，邁開步伐，一溜煙地穿過走廊，在音樂教室旁的諮商室前停下腳步後，望向東宇。看到民錫彷彿在監視自己的眼神，東宇不由得心生退卻。民錫打開諮商室後，注視著東宇。

「趕快過來。」

這句話令東宇起了雞皮疙瘩。他點點頭，把書包的拉鍊稍微拉開了一些，要是情況不對，他就直接把書包內的 Raptor-22 拿出來噴。跟著民錫走進諮商室的東宇觀察了一下四周，窗邊的牆面堆放著成排的紙箱，旁邊則是塑膠袋和氣泡紙。以門為基準，右側的牆有看似諮商師過去使用的書桌，對面是給個案坐的椅子，後方則有折疊床和遮簾。牆壁上可以看到告知諮商方式和時間的表格，以及寫有各種記號的海報。幸好沒有看到有著爬蟲類臉孔的生物。也是啦，當然不會一下就揭開真面目。東宇如此想著，繼續朝諮商室裡邊走去，這時民錫關上門，從前方擋住了東宇。東宇將書包悄悄放在折疊床上，坐在一旁問道：

「到底是什麼事？」

「你等一下。」民錫只回了這一句，又稍微打開門觀察外頭動靜。

東宇趁這時把 Raptor-22 從書包取出，藏在身體後方，接著就一直把手放在後頭，望著依然在觀察外頭的民錫。

「有人要來嗎？」

「哦，因為說有事一定要跟你說。」

「是誰啊，說要在這裡碰面的？」

面對東宇的好奇心，民錫背對著門笑說：「等一下你就知道了。」

令人不自在的漫長沉默再度降臨。平時很愛說話的民錫安靜得很反常，氣氛也變得無比尷尬與沉重。東宇望著民錫，同時用單手緊緊握住藏在背後的 Raptor-22。不久後，他們聽見了敲門聲。民錫悄悄透過門縫確認來者何人，然後打開了門，走進諮商室的是班導李美拉老師。

「老師？」

李美拉老師一進入，民錫就連忙關上門，站在老師旁邊。這幅情景看起來就像在擋門，東宇看著兩人。就在這幾秒內，李美拉老師走向過去諮商師的座位上坐下，注視著東宇。感受到老師的目光，東宇不禁問道：

「老師有什麼事嗎？」

氣色蒼白的李美拉老師開口：「東宇。」

「是的。」

「學校啊……」語帶遲疑的李美拉老師以低沉的嗓音補上一句：「有怪物。」

聽到「怪物」兩個字，靠坐在床邊的東宇不自覺地猛然站了起來。因為他認為，老師要不是知道爬蟲外星人的存在，不然就是在吐露祕密。也因為這樣，藏在背後的Raptor-22掉到了地上，偏偏滾到了站在門邊的民錫身旁。民錫撿起滾到自己面前的Raptor-22。

東宇暗叫一聲「慘了」，但仍盡可能假裝冷靜地說：「怪物？什麼怪物？」

面對東宇的反問，李美拉老師一言不發地看著民錫。把Raptor-22拿在手上把玩的民錫抬起頭。

「你不是也知道嗎？」

「你在說什麼？我們學校哪有怪物？」

雖然東宇抬高嗓門，內心卻十分膽怯。他輪番看著兩人，覺得搞不好他們會突然撕去面具，露出爬蟲外星人的樣子。幸好兩人都只是默默看著東宇。碰到這種危急情況，如果身上帶著Raptor-22，內心就會踏實得多，但東宇手上什麼也沒有，所以他害怕極了。

李美拉老師說：「老師有事要拜託你，所以才找你來。」

「什麼事？」

「你，有看到姜奇政抽菸吧？」

「班長嗎？有啊，可是不是只有跟他一起抽菸的藝俊被處罰嗎？」

東宇一拉高音量，李美拉老師便嘆了口氣。

「那是因為不只是藝俊，大家都說沒看到奇政抽菸。教務主任還特別說了，老師的手上沒有證據，就沒辦法處罰學生。」

聽李美拉老師這麼解釋，東宇才明白為什麼教務主任老在他面前晃來晃去。

民錫對皺起眉頭的東宇說：「奇政用這種方式脫罪已經不是一、兩次了，老師說，這次無論如何都要懲罰他。」

「真的嗎？」東宇吃驚地望著李美拉老師。他很好奇平常過於善良、從不曾大吼的老師是如何下這麼大的決心。

感受到東宇的注視，老師說：「就算學校再怎麼失序，也不能這樣放任怪物不管，所以老師打算親自向教育廳反應，但必須要有證據或證人。」

聽完來龍去脈，東宇這才理解為什麼今天會發生種種怪事。今天威脅東宇的警衛叔叔也和奇政的父親過從甚密。東宇暗自為自己懷疑他們是爬蟲外星人而感到難為情。

李美拉老師對東宇說：「現在，我們必須將學校裡的怪物擊退，希望你也能幫上忙。」

聽完李美拉老師的話後，東宇陷入苦惱。因為他不知道要是自己和身為班長、家世又顯赫的奇政關係搞僵，會發生什麼事。

這時，民錫開口：「我會保護你的，相信我。」

聽民錫這麼說，東宇才終於打定主意。就算不是爬蟲外星人，也不能放任學校的怪物不管。

「我可以當證人，但希望能找到更明確的證據。」

「怎麼找？」

「奇政每天放學後，直到晚自習之前，都會在後門倉庫附近和他那夥人抽菸。」

「真的嗎？」

「對，從新館四樓廁所窗戶就能看到，如果用手機把那一幕拍下來，應該會有幫助吧？」

「當然有幫助了，他說明天會上學。」

「我和民錫會試著拍拍看。」

「好，謝謝你，東宇。」

聽到李美拉老師的話後，東宇揹起書包。

「老師，那就明天見了。」

「謝謝你，民錫和我還有話要說。」

「我知道了。」

民錫替東宇開門的同時，身子閃到了一旁，並將Raptor-22遞給東宇，問他：

「不過，這是什麼啊？」

「新出的殺蟲劑啦，是抓怪……不是，抓蟲子的。」

「剛才我看到警衛叔叔翻了你的書包，把兩罐這個拿走了，之後你再去要回來吧。」

「為什麼要翻我的置物櫃？」

「一定是因為奇政吧。要是你開口，他就完蛋了嘛。」

「總之，天底下的怪物還真多。」東宇忍不住搖頭感嘆。他帶著 Raptor-22 走到外頭，喃喃自語：「看來我不該再看恐怖偵探的 YouTube 了。」

想到自己差點就拿 Raptor-22 朝無辜的人噴，東宇露出苦笑。打算從大門出去的東宇，將身上帶著的 Raptor-22 丟進垃圾桶。

李美拉老師和民錫從窗戶望著東宇走出校門、逐漸遠去的背影。

李美拉老師問民錫：「他會幫助我們嗎？」

「當然囉，請別擔心。」

「話說回來，剛才那個不是恐怖偵探在 YouTube 上賣的東西嗎？」

「對，他提出陰謀論又製造假影片，結果被開除了，短時間內看不到他。」

「幸好如此，要是一個不小心，我們的真實身分就要曝光了。」

聽到李美拉老師的話，民錫露齒一笑。

「誰會相信他說的話啊？」

「東宇不就相信了，才會買 Raptor-22 嗎？小心為上，知道了嗎？」

「這是當然的，請別擔心。」

見民錫一臉自信滿滿，李美拉老師用手指彈了一下他的額頭。

「還叫我別擔心，你的耳朵都跑出來了。」

民錫摸了摸從髮絲之間露出來的尖耳，尷尬地笑了笑。

「啊，什麼時候跑出來的？」

「銘記在心，一定要把我們是精靈的事情藏好。」

聽到李美拉精靈的話後，民錫精靈笑著回答：

「這還用說嗎？我會小心的。」

作家的話

到學校演講時，經常令我嘖嘖稱奇，孩子們的體格要比我們那個年代更高更壯，而且能透過各種方式獲得許多資訊。也因為如此，他們經常被資訊本身所淹沒，或是展現出個人的價值偏好。

尤其許多狀況是來自YouTube，把未經過證實、過度偏激的內容包裝成不為人知的真相來散播。如果電視臺播出了錯誤的報導，會受到電視臺的自身懲戒或放送審議委員會的制裁，但網路或YouTube卻沒有任何限制。甚至可以說，網路或YouTube正是要提出偏激的言論，讓點擊數提高，才能獲得更多收益的結構。

一旦沉浸於此以致無法自拔，就會變成怪物。令人沉痛的是，我在學校經常遇見那樣的怪物。像我這樣視若無睹的大人們，真應該發自內心好好反省。

本篇作品正是為了暗喻此種情況而誕生。置身資訊的洪流中，唯有區分真假，才能驅逐你我身邊的怪物。

目擊者

朱元圭

生於首爾，2009 年開始創作小説，目前則在教導孩子寫作。代表作《被排除的人種殘酷史》獲第 14 屆韓民族文學獎；《Christmas Carol》被改編為電影《失控正義》，並曾參與 tvN《Argon》、OCN《所有人的謊言》、SBS《Again My Life》等電視劇劇本的企畫與執筆。另著有《Made in Gangnam》、青少年小説《周遊天下偵探記》、《祕密基地》等。

1

首爾，還是其中人口密度超乎想像、一天流動人口最多的新道林站附近，有一個俗稱公寓村的地方。那裡住著入住大廈有困難、賺一天吃一天的日薪打工族；大學畢業後直接在首爾求職，匆促北上的社會新鮮人；還有為了賺錢寄回家鄉，不辭辛勞日夜加班的移工，這些人聚集之處就稱為公寓村。但這裡不只前面說的這些人，還有無論家裡或學校都被排擠在外的未成年男女，也常在此群聚，亦是新道林公寓村的代表風景。

公寓的房東不是不知情，他們一眼就能看出房客是一群小學才剛畢業的青少年，最少都有五名以上的未成年男女，不顧混宿風險住在一起。但是，這些屋主不僅把最難出租出去、問題最多的房間租給他們，也沒有要求檢視身分證或學生證。屋主甚至沒有問他們，父母知道你們都這樣住在一起嗎？離家出走的青少年因為風聞房東毫不在意且房租相對低廉，一窩蜂來到新道林，形成了頗具規模的離家青少年地下聚落。

在這個地下公寓村，連一絲陽光也照不進來。一年三百六十五天假如不開電燈，就伸手不見五指——這是那種位於地下二樓，一間緊挨著一間，押金五十萬、月租二十五萬的地下室。某個冬日，有人報案說那裡發生了一起暴力事件。報案受理後，第一階段是由附近派出所的警察率先出動掌握情況，再由地方警局報告相關調查。最後接到報告的警察負責人，是剛滿三十歲、警察資歷第七年的趙恩宥警查[6]。

趙恩宥警查負責的地區是永登浦和新道林一帶的女性與青少年相關案件。光是把永登浦地區加起來，居住人口、流動人口就已經超乎想像，受理案件一天也超過百餘件。緊急通知的訊息相當多，超過數十件的家庭暴力、校外竊盜、未成年性交易等，都是趙恩宥隸屬的女性青少年部門受理的範圍。

趙恩宥有預感，這次的毆打事件也是過去看過太多次，以致時不時就會想起的青少年團體犯下的。儘管它與其他事件類型看起來差不多，處理過程也不會有什麼特別之處，但唯獨一個部分，加害者的暴行極為兇殘，這使趙恩宥久久無法移開視線。

無論是暴力、詐欺或性交易，對受害者來說，每分每秒都是煎熬，陷入痛苦的那一刻與之後的每瞬間都是地獄。看著置身地獄的受害者，負責調查的趙恩宥也飽受嚴重的精神衝擊。此次事件尤其如此。在連一絲光明與希望都無法溜入、徹底封鎖的地

6 韓國警察職等之一，位於警衛之下，警長之上。

下二樓，有個人遭到毆打。那時刻該有多驚悚駭人啊。趙恩宥以受害者的目光檢視案件，告訴自己這次也要認真處理。或許是因為這樣，在輸入受害者的個人資料時，趙恩宥的態度顯得更加慎重。

受害者

姓名：權義振

年齡：二十五歲

職業：新道林地鐵站某家經營多年的手機行負責人

這是趙恩宥早就知道的人物。權義振，持續行善仍不忘微笑、白手起家的年輕自營業者，曾上過電視節目，也是YouTube上人氣很旺的網紅。訂閱者人數達到五十五萬就是證明。雖然名氣沒有大到能獲得金色按鈕，但權義振是個只要平時有訂閱YouTube頻道的人都知道的明星。

趙恩宥記得權義振的理由有二。如今剛邁入三十歲大關的趙恩宥，會在辛苦的一天畫下句點的下班路上或睡前收看YouTube。畢竟平常與各種案件、事故交手久了，趙恩宥便想搜尋一些溫暖人心的故事，基於這種「溫馨」演算法，她發現了「活力青年權義振」這個頻道。頻道內容根本就是溫馨感人的化身。雖然也有類似手機不必付高額月租、挑選理想手機等與專業相關的內容，但其他多數都與行善有關。像是擔任為街友服務的志工、護送深夜在地鐵月臺附近的醉漢平安返家、捐款給孤兒院等，權義振主要是將行善過程拍成影片。

趙恩宥是這個頻道初期就長期支持的忠實訂閱者，最令趙恩宥感動的，是權義振以個人名義為離家出走的青少年提供庇護所的「奉獻」系列，這系列主要是在他的工作地點，也就是新道林站附近進行。只要到了手機行打烊的晚間九點，權義振就會打開手機鏡頭，在新道林站的後巷四處走動。如果發現在街上遊蕩的逃家少年，就會帶他到超商買東西給他吃，傾聽青少年的煩惱，這些畫面都會被即時直播出去。

剛開始只是發揮小小的善行，請逃家少年吃飯、傾聽煩惱，但時間久了變得更具體，最後甚至替逃家青少年安排了庇護所。

2

權義振以新道林站的地下月租房充當逃家青少年的庇護所時，趙恩宥其實是有些擔憂的。所謂的庇護所，原則上必須在獲得市政府或教育廳的許可，或者領取補助金，且要在建構最低限度安全網的情況下才能進行。基於這層顧慮，每當權義振上傳逃家青少年相關內容時，趙恩宥都會留言表達憂慮。而權義振也會回覆趙恩宥的留言，表示自己也一樣擔憂，還憤憤不平地表示，在逃家青少年的世界中，拳頭要比法律更靠近，即便在體制內建構庇護所，也只會對逃家青少年進行情緒監禁。

看到權義振的這些話，警察趙恩宥雖然擔心，但也認為不無道理。逃家青少年在尋找庇護所時，運氣好或許能找到一個地方，但最多也就是待上一兩天，之後又得重返街頭。可能會有人想：「為什麼？明明就有制度健全的庇護所啊。」但從某個角度來說也不難理解。庇護所的目的是把孩子送回學校和家庭，然而真正讓孩子徬徨的理由，絕大多數正來自家庭或學校的暴力與漠不關心。

權義振深知逃家青少年不得不來到街頭的理由，才會為了在新道林站遊蕩的逃家青少年建立「權義振安全庇護所」，在那個地方照顧孩子們，至少避免他們誤入歧途。因為深知這樣的苦衷，趙恩宥始終帶著憂慮與激勵參半的心態默默支持。

他那麼為孩子們著想，真是好心沒好報。

趙恩宥來到綜合醫院加護病房，臉上充滿驚慌與悲慘。不過還有另一人也帶著相同表情，那就是守在整張臉不成人樣、幾乎難以辨識是誰的二十五歲青年權義振身旁的年輕媽媽。調查權義振時她發現了一個新的事實：權義振有個才四十二歲的媽媽朴恩惠。尋找權義振照料逃家青少年的理由時，發現權義振曾突然提起自己不幸的家庭史。他說自己從小就沒辦法上學，也交不到朋友，只能在街上遊蕩。不過在告白這些往事時，他並未提起太多關於父母的話題。

趙恩宥望著在意識不清的權義振面前默默掉淚的朴恩惠，頓時百感交集。身為「活力青年權義振」的忠實訂閱者，加上資歷七年的警察直覺，權義振看起來並不想談論關於母親或家人的任何事。偶爾在影片中提及父母時，趙恩宥能猜想得到，對權義振來說，父母就是將他趕到街上的情緒加害者。可是實際見到年輕的母親朴恩惠後，趙恩宥感到很混亂。因為朴恩惠是發自內心地沉痛，甚至讓人心想，世界上還有什麼父母能哭得如此傷心欲絕。見到朴恩惠的模樣，趙恩宥更深刻感受到單親媽媽獨力扶養兒子的辛苦，內心百般惋惜。當擁有一張過分童顏的朴恩惠介紹自己是權義振的母親時，趙恩宥不由自主地問了一句：
「請問幾歲呢？」
「二十四？不對，應該是二十五，正是要振翅高飛、實現抱負的年紀啊……」
「不，我是問您的年紀。」
「我嗎？我比四十再多一點，四十二。」
「權先生是二十五歲，那……」
「我很早就生下了義振。」
「原來是這樣。」
「這又不是犯了什麼錯。」
趙恩宥心想，真不該在這種時間點問些無謂的問題。聽到對方這麼說，反而更心痛、惋惜了。沒錯，在十七歲生養孩子並不是一種錯。趙恩宥為自己只因權義振對父母的事隻字不提，就太過輕易地懷疑朴恩惠的淚水，感到些許羞愧。
躺在加護病房的權義振身上的傷太過嚴重，若少了呼吸器就難以呼吸。權義振是在滿身是血的狀態下被救護車送到急診室的，主治醫師表示目前權義振的昏迷指數接近腦死狀態，無法擔保他會不會再醒來，也難以預估醒來後會變成什麼樣子。這已經遠遠超出平時受理的暴力案件程度，一名年輕人的生命可能就此殞落。

趙恩宥忿忿不平，究竟為何要心狠手辣地對二十五歲、白手起家的手機行老闆施暴？更何況整起事件不但荒唐，更充滿了背叛。對權義振施暴的人不是別人，就是那些孩子。是他親自幫忙繳房租、請他們吃飯，全心照顧的孩子們。五名逃家男女在地下二樓不見天日的房間內，毒打了照顧他們的權義振，接著就一窩蜂地逃跑了。報案者不是他人，正是下一秒就會失去意識的權義振本人。

趙恩宥很想知道，這些孩子究竟是為了什麼，非得把照顧自己的人傷成這樣。她下定決心要將這些逃跑的加害者繩之以法，聽聽他們怎麼說。要不了多久，這份決心就結了果實。

施暴事件發生第五天，趙恩宥與機動搜查隊根據附近監視器、周圍店家的目擊證詞，在新道林公寓村地下二樓逮到了兩男三女。這五個青少年對權義振施暴後非但沒有逃得遠遠的，反而大搖大擺地在新道林站附近遊蕩，真是令人無言。

3

「韓國的監視器真的很多。你們以為它們只是個擺設吧？不是的，每個巷口都有監視器，就連逃跑的畫面也能一覽無疑，尤其是在首爾。」趙恩宥這麼說。

五名問題少年並肩坐在趙恩宥面前，彷彿事先說好似的，左側坐著兩個男生，右側坐了三個女生。趙恩宥說明監視器的事時，視線從頭到尾都沒有從五個孩子身上移開——應該說無法移開。他們一臉嚇壞的樣子，不知該把視線放在哪裡，看起來就只是再平凡不過的孩子。觀察他們的穿著打扮，與其說是不良少年，反而衣衫襤褸得令人心生憐憫。身上的帽T髒得讓人懷疑有沒有洗過，牛仔褲也破破爛爛，而且每個人的運動鞋都裂開破洞了。

只有坐在最左邊的男生比較敢凝視趙恩宥的臉，趙恩宥的視線也很自然地集中在他身上。他戴著鼻環的模樣格外顯眼，而從他的眼神、體格和造型，都無從得知那是憎惡還是祈求原諒。可以看出，這男生就是五人之中的領袖。

要從外型特徵鎖定這些孩子並不難，因為五人全都穿著被監視器拍到的同一套衣服。把收容自己的權義振打得半死後逃跑，卻哪都去不了，也沒辦法回到地下房或家裡，整整一星期都只能在新道林站附近遊蕩。

雖然無意對孩子們大肆說教，但趙恩宥實在憋得受不了，不吐不快。

「喂，孩子們，要不要我說重點給你們聽？」

聽到重點二字，五個人都看向趙恩宥。

「你們在超商遇見身為保護者的權義振後，所有人一起走進庇護所的畫面全都被拍下了。」

「所以咧？」看起來最大膽、也最兇狠的男生反問。

趙恩宥也早有準備，像在審判似的，將金聖哲這個男生的名字牢牢刻在心中。

「竟然還問所以咧？有什麼好所以的？金聖哲，監視器把你們拖著供你們吃住的大哥，對他施暴，打到他失去意識的情況都拍下來了。還搞不清楚狀況嗎？你們是真的在裝傻，還是希望自己什麼都不知道？」

趙恩宥越說越激動。看電視劇或電影時，不時會有冷靜沉著的側寫師風格的刑警登場，趙恩宥也想保持冷靜，但遇見眼前的嫌犯時，卻很難不激動。

他們的樣子或回應方式千篇一律，就像事先說好了一樣。要不就是厚臉皮地看不出情緒，要不然就是連句反省的話都說不出口。趙恩宥待激動的情緒稍為緩和後，開始試圖整理情況。

「來整理一下吧。金聖哲及四名逃家青少年，你們在一週前的一月十二日晚間十一點，對全心為你們付出的權義振施暴後逃逸，然後被逮補。目前權義振躺在加護病房。你們承認這些事實嗎？」

這次趙恩宥注視著金聖哲以外的其他四人。三個女生看起來頂多國中生年紀，至於另一個男生看起來年紀就更小了，但光從外表難以猜測。趙恩宥的視線停在坐在最右邊的女生身上。頭髮染成黃色，在三個女生中看起來年紀最小的孩子叫作金多美，十六歲。

4

接下來是短暫的休息時間。趙恩宥的前輩們都催促她別再拖拖拉拉的，趕緊寫完調查報告交出去。也不知道媒體是怎麼得到消息，聽到擁有善良影響力、訂閱者五十五萬的 YouTuber 病危，幾個社會和娛樂線記者，以及一些自稱自媒體的 YouTuber，都跑來警局前晃來晃去。

說實在的，把目前的情況綜合起來，也足以構成新聞素材。光是五個孩子的經歷就會被拿來大做文章。這些孩子年齡層從國中到高中的十四到十九歲都有，所有人都輟學了，且紀錄顯示他們就學當時就都是問題學生。之後孩子們在政府、地方自治團體或教育廳管理的庇護所來來去去，卻無法適應裡頭的環境，最後逃了出來。

光看一眼彷彿在做速寫記錄的家庭調查書，也知道孩子們很難回家。趙恩宥不由得苦笑。嚴格來說，這五個人不是離家出走，而是只能流浪街頭。儘管如此，若是此事件曝光，媒體也不會詳盡提及孩子們的家庭環境。無論是新聞或YouTube，都只會大肆煽動鼓譟。影片和新聞上會如此介紹他們：五個惡魔以殘忍的偽善背叛了熱血青年的善意。一想到此，趙恩宥內心充滿說不出的苦澀。

從表面來看，身為刑警的趙恩宥也認為事件會就此落幕，雖然不至於令她感到猶豫，但她心中還留有一個疑問。必須確認這一點的責任感湧上心頭。雖非有人指示，但趙恩宥認為要是不這麼做，就無從得知盤踞在這些孩子內心的惡魔的真面目，因此她更迫切地想解開這個疑問。

怎麼能對幫助你們的人做出這種事？究竟是基於什麼心態？

面對這個問題，沒有半點需要質疑之處，可是趙恩宥冷不防想起一個不尋常的記憶。坐在最右側、一頭黃髮，擁有格外明亮的眼神，下巴線條令人印象深刻的金多美，曾在權義振的YouTube影片現身。而讓趙恩宥有所動搖的，不只是她曾出現於影片之中，而是觀看影片時讓她內心某處感到不太舒服的心情。趙恩宥再次研究起權義振的影片，突然在某一幕找到了原因。

「活力青年權義振」頻道拍攝逃家孩子的「奉獻」系列，基於保護身分的考量，孩子的臉都以馬賽克處理，因此趙恩宥並不是在這個系列看到金多美。她發現金多美，是在權義振YouTube的高人氣系列「全人教育」影片中。這系列是拯救深夜裡差點被一群怪漢綁架的女學生、救援差點被強制帶去酒店的女高中生，以及拯救差點被電話詐騙的女大學生等影片。

剛開始趙恩宥並沒有看出在這系列影片出現的女孩就是金多美，因為女生的樣子都會以剪影處理，或是將帽子、墨鏡、髮色和服裝做變造處理。但仔細觀察影片，趙恩宥的目光確實捕捉到，在「全人教育」影片中無論是受害者或旁邊的人，總有一個是金多美。

趙恩宥在確認權義振的影片時，其他刑警則針對五個孩子進行個別調查。這是填寫調查報告時必經的階段。面對趙恩宥的提議，其他前輩不約而同地發起牢騷。他們斥責趙恩宥，管他是個別調查還是團體調查，到頭來都是同一個案件，何必把事情鬧大，但趙恩宥強調非得遵照程序不可，五人必須個別重新調查。

在這過程中，了解到主導施暴權義振的是這群孩子中體格最魁梧、看起來最強悍的十九歲男學生金聖哲，卻沒有找到施暴理由或動機。不，是趙恩宥以外的其他刑警壓根就沒有想知道理由或動機，所以他們在調查報告上寫道，金聖哲把自己的生命恩人權義振的忠告當成嘮叨，憤而將其痛毆一頓，並要求金聖哲寫反省文。

與此同時，趙恩宥與金多美相對而坐。金多美游移不定的眼神和雙手，顯示出她還是個孩子。趙恩宥將一杯熱可可遞給金多美，開始與她攀談。金多美望著裝在紙杯內的熱可可，無論是眼神或表情都顯得錯綜複雜。

「記得這個熱可可嗎？」

「咦？」

「我看權義振先生每次影片快結束時都會買給妳啊。」

懷疑並不是件好事，但若盲目相信，就會掩蓋真相。身為訂閱者的趙恩宥再次確認影片後發現。該說是陷阱嗎？拿掉粉絲濾鏡，以客觀視角去檢視後，就會發現權義振的影片漏洞百出，甚至難以說是立意良善，有好幾個畫面映入了她的眼簾。「全人教育」系列影片用最近的說法來形容，飄出了「造假」的味道。還有在影片最後，權義振會把飽含安慰的熱可可當成強調主題的信號般，遞給差點受害——在多數影片中扮演受害者的——金多美。

面對趙恩宥的提問，將熱可可握在手中的金多美並沒有正面回應，卻也沒有否認。趙恩宥深信，金多美肯定有話想說。這份確信與非得把權義振毆打至此的真正理由有關。

「到底有什麼隱情？」

「……」

「按現在的情勢，你們只能成為惡魔了。就像我剛才說的，你們會變成單方面對幫助你們的善良大哥施暴，不負責任逃跑的惡魔。」

「……」

「沒辦法接受家庭教育，又被學校趕出來，同儕把你們當成避之唯恐不及的蟲子，所以你們才會在那個亟欲擺脫卻又擺脫不了、一片漆黑的地下房間，打算活得像隻蟑螂或寄生蟲吧。」

「幹！妳少管我們。」

金多美突然發怒，但並不是因為自己被指為寄生蟲。趙恩宥看出金多美的憤怒另有原因，她看著事先調查的資料，繼續詢問：

「權義振先生上傳全人教育影片所收到的捐款和超級留言贊助有多少，金多美，妳都知道吧？」

「幹，我不知道啦，什麼都不知道。」

「既然妳什麼都不知道，為什麼要在影片中乖乖演戲？」

「他叫我做的。」

「誰？權義振先生？」

金多美點點頭，接著說：「要是我不演，他就會殺了我。」

「什麼？」

「真的會殺了我。」

「殺了妳……那是什麼意思？」

「答應我……答應我一件事。」

「什麼？」

「聖哲哥不是惡魔，而是正當防衛。希望妳明白這點。」

「把人打成那樣，還說什麼正當防衛？這教我怎麼相信？」

「姊姊不也是看到了什麼，現在才會說這些嗎？幹，反正不管妳相不相信，重點不是那個，是我們五個人為什麼要那樣做。」

「我很好奇。」

「好奇什麼？」

「剛才五個人在一起時，為什麼不說？擔心就算說了我也不相信？」

「不只是這樣。」

「那為什麼不說？」

「說之前……妳先看這個。」

「看什麼？」

趙恩宥在說話時，一直緊緊跟隨著金多美的眼神。金多美看起來極度不穩定，但可以看出她想說出這件事的決心。

金多美毫不猶豫地打開一直雙手抱住的背包，把背包內的物品全倒了出來。那一刻，趙恩宥不禁後悔自己是不是不該懷疑權義振，因為從背包倒出來的除了各種成人用品，還有香菸與疑似大麻的東西。

想到施暴事件會不會越鬧越大，甚至聚焦在十代青少年的犯罪行為上頭，趙恩宥反射性地掃視周圍一圈，幸好另外設置了隔板，所以沒人盯著她們。

金多美把背包的東西都倒出來，是為了其中一項東西。金多美二話不說就伸手抓住那樣東西，那是一支歷史悠久的手機，液晶螢幕上有著數不清的細微裂痕，但因為一眼就可看出是很久之前的機型，所以更引人注目。金多美按下電源鍵，將手機擱在桌面上。過了幾秒，手機液晶畫面隨著震動聲亮起，金多美很熟練地解開了看起來很難搞定的手機鎖定模式，接著出現全黑的手機桌面。

金多美把開機後的手機拿給趙恩宥，說：

「義振老師，所有人都叫他老師，是他這樣要求的。剛開始還以為他真的是老師，因為他給了就連一頓飯也不能好好吃的我們機會。幹，他請我們吃飯，讓我們有地方睡，還有雖然金額不多，但他也給了我們錢。他不會像一般庇護所的老師那麼煩，也不會像爸媽一樣毆打我們，更不會像學校同學把我們當成蟲子看待。所以剛開始覺得很棒，他真的是我們的老師。不，到現在他也還是老師，因為他一直要求我們這樣叫他。」

「可是，為什麼……問題出在哪裡？」

「請打開手機相簿。」

趙恩宥打開了相簿，明白了為什麼金多美沒有要她看簡訊或訊息，而是要她打開相簿。相簿中儲存了滿滿的 Telegram 訊息截圖，發送者全是「活力青年」，是以 YouTube 頻道名稱命名的暱稱。

「活力青年就是權義振？」

「當然啊，老師叫我們做的，五個人都是。」

「做什麼事？」

「妳看截圖就知道了，重點就從現在開始。」

「重點是什麼？」

「老師說如果我們不聽話，就會把我們趕出去。」

「是真的嗎？」

「全部都在那些截圖裡，我們一直被他帶著到處跑。」

「為什麼？」

「畢竟他是老師，供我們吃住，還給我們零用錢。去問問被困在家裡或庇護所的孩子們吧，要是沒人幫忙，他們能不能撐下去。我們五個都是從家裡和學校逃出來的孩子……反正也沒人會找我們。」

「就算這樣……我再問一件事吧。是誰說權義振使喚你們做壞事，所以你們打他是正當防衛的？哪個部分是正當防衛了？！」

從遲疑的金多美身上，趙恩宥讀出了真相。知道她並非為了捏造謊言而遲疑，這讓趙恩宥更加痛苦。

「刑警姊姊，老實說妳不相信我的話吧？就算看到照片或證據也不願意相信吧？」

「妳為什麼這樣想？」

「我很確定妳不肯相信。」

「我在問妳，為什麼這樣想。」

「妳不是看到了嗎？」

「嗯？」

「都在『1』資料夾的截圖。」

「……」

「如果看到這個還說不是正當防衛……那就是真的不肯相信嘛。」

趙恩宥突然答不上來是有原因的，她還沒確認金多美給她看的相簿中儲存為

「1」的資料夾。不，應該說她不敢打開。

「是權義振的錯。」

這句話在她心中無限迴蕩，令趙恩宥萬分痛苦。趙恩宥早就知道了。她不是不知道真相，而是太過清楚，才會百般糾結。真相就存在於金多美反覆訴說、真實儲存的照片中。那裡面有著活力青年權義振帶著不良少年拍攝造假影片的證據和訊息。

此時趙恩宥所煩惱的不是金多美所言真假，而是當這個事件被揭露，面對不願相信的輿論壓力，要怎麼傳達真相？沒有人會想相信被學校與父母拋棄後，為了掩飾自己的落魄，老將髒話掛在嘴邊、流浪街頭的孩子所說的話。該如何解釋從那樣的孩子口中說出來的證詞，讓趙恩宥大傷腦筋。

5

「該怎麼做？」

趙恩宥刻意將目光移向他處，準確來說是不忍心見到權義振的臉。看著依然躺在加護病房的權義振，實在令人哀傷。加護病房的負責醫師說，不是眼睛睜開就等於清醒了。

住進加護病房一週後，權義振才睜開雙眼。那時他年輕的母親朴恩惠並未露出吃驚或開心的表情。趙恩宥覺得那是碰到預料之外的情況時才會有的表情。

「醫生說，不是眼睛睜開就等於恢復意識。」

「既然已經睜開眼睛，就會慢慢恢復的。請媽媽您別擔心，耐心等看看吧。」

「那個……並不是有恢復的徵兆，或是身體逐漸好轉了，對吧？」

為自己的兒子無法恢復意識而心急如焚才是正常的。朴恩惠每天都到加護病房探病，還以為她盼著兒子盡快康復，此刻的她卻對權義振睜開眼睛感到不安。

趙恩宥的心情很複雜，因為她很輕易就能猜想到，何以朴恩惠會對權義振從昏迷狀態醒來感到不安。趙恩宥希望這只是她一廂情願的猜想。

保險調查員說，權義振在手機行開業時，基於和客戶的關係加入了好幾個終身保險，假如權義振達到一級身障或死亡，身為親人的年輕母親朴恩惠就會得到保險金。直到這時，趙恩宥都還默默希望保險調查員說的不是事實。保險調查員說，朴恩惠十幾年來都沒有尋找過自己與男人同居後生下的兒子，形同遺棄，直到兒子陷入昏迷才接到警方聯繫前來，因此懷疑她這時才找兒子的理由。無論怎麼看，趙恩宥都不覺得朴恩惠真心盼望兒子恢復意識以及健康，於是她提起權義振與逃家孩子之間發生的事。

朴恩惠壓根就不打算聽趙恩宥說什麼，但即便如此，趙恩宥還是依照如實傳達了自稱善心小幫手的權義振對逃家少年做出的駭人行徑。她把手機中權義振和孩子們的訊息、令人作噁的影片及照片等證據拿給朴恩惠看。

聽完所有說明、確認完證據後，朴恩惠整個人呆住了。冷靜轉述孩子們的陳述後，趙恩宥的目光緩緩移向躺在病床上的權義振。權義振眼中籠罩著濃厚的焦躁與不安，似乎醫生說就算睜開眼睛也不代表恢復意識的話是種謊言。

朴恩惠以對真相漠不關心的口吻說道：「總之，意外還是發生了嘛。」

「是的，沒錯，是發生了意外，但施暴的理由很重要。」

「那有什麼重要的？」

「什麼？」

「我是問它重要的理由是什麼？重要的是那些小流氓把我兒子義振打成這樣，還有那個……」

「等等，義振的母親，施暴確實是錯誤行為，但這事件是有過程的。我的本分在於查明過程，避免這種事再度發生。」

「幹，好好聽我講話，別打斷我！」

朴恩惠的臉孔和聲音瞬間變得怒氣騰騰，趙恩宥反射性地停止說話。朴恩惠充滿血絲的眼白，在眼白上頭游移的黑色瞳孔，寫滿不肯聽對方說話的意志。

朴恩惠將視線轉向權義振。雖然權義振的眼神比先前更充滿生氣，但那一刻似乎反射性地避開了母親瞪著自己的視線。

雖然難以置信，但總覺得這種隔閡透露了兩人的關係。趙恩宥是這麼想的，否則也無法理解朴恩惠的反應。

「權義振犯了什麼錯，對身為母親的我來說並不重要，重要的是我的兒子權義振，被傷到可能變成殘疾人士。這個事實並沒有變啊，他躺著超過一週不就是證據嗎？我有說錯嗎？」

「義振媽媽，我也絕無饒恕孩子們暴力行為的想法。」

「那就按照原來的，不要饒過他們。」

「但現在得搞清楚權義振對那些孩子做了什麼事啊。不管是逐漸恢復意識的受害者權義振，或是為了數年不見的兒子，把其他事丟在一旁專程跑來的您。」

朴恩惠似乎徹底關上了眼睛和耳朵。

趙恩宥以更加清晰的眼神望著權義振，權義振也不再迴避趙恩宥的視線，與她四目相交。趙恩宥站起身，但依舊將目光放在權義振身上，對坐立難安的朴恩惠說：

「義振媽媽，孩子們真的不會說謊。」

「這是什麼意思？」

「雖然他們會把一眼就被看穿的謊言掛在嘴邊，但真正不會說謊的人，就是孩子們。」

「所以現在是要我怎樣？」

「您的兒子，受害者權義振……」

「……」

「他必須道歉。假如他奇蹟似的甦醒，不，就算情況不允許，他也必須發自真心地對那些孩子道歉。」

朴恩惠握住躺在病床上、仰賴呼吸器的權義振的手，自己的手卻開始劇烈顫抖。趙恩宥默默看著這一幕。儘管朴恩惠帶著渴求安慰與協助的眼神望向她，趙恩宥卻只想逃離那個眼神。

接著，她突然對這一切感到羞愧不已。

6

隔天，新聞指出對手機行老闆權義振施暴的主嫌，是逃家少年之一的十九歲金姓少年，目前已移送少年觀護所，至於金多美等其他孩子則未被提及。金聖哲在調查過程中自白是自己主導了一切。或許其中是有什麼大人難以理解、專屬那些孩子的潛規則吧。最終，受到懲罰只有十九歲的金聖哲。

媒體接連播出期盼手機行老闆權義振早日痊癒的訊息，但這只是一時的，其他疑惑隨之快速抬頭，關注或猜測權義振和逃家孩子之間發生什麼事的新聞傾巢而出。想必事件會越鬧越大，並且一如往常，唯有聳動的文字才能吸引大眾目光，而不是真相。

一想到往後的紛擾，趙恩宥驀然再度思索起羞愧二字，以及誰才是真正該感到羞愧的人。

作家的話

共同體、學校與組織，無論是哪一個社會，最教人恐懼的即是「偏見」。偏見會帶著兩張臉孔現身，一張是打從一開始就戴著「那個人本來就是那種人」的有色眼鏡去觀看的人。這種偏見固然可怕，但另一種一面倒地認為，「那個人不會做出那種事，絕對不可能」，也同樣沉痛與盲目。

在學校內，無條件的憎恨、無條件的擁護成為趨勢，形成燙手山芋的「校園暴力」，在面對不能無條件憎恨、也不能無條件與其站同一陣線的青少年暴力問題時，我應該會持續抱持著作家的責任感。

儘管如此，我仍不會停止透過小說來窺探暴力的視角和問題。我是考慮到那份珍貴，才傾注心血寫下了這篇小說，這是我的自負。

希望這篇問題小說（？）能為各位讀者提供一探究竟的機會。

作繭自縛

千誌允

生於釜山，建國大學動畫媒體創作研究所畢業。為了將自己的心意傳達給眾人，開始寫作與作畫。以「chongchong_ji」的帳號在 Instagram、Naver 部落格、Portfolio 等連載「ChongJiToon」的日常。

1

今天是開學日，貞雅帶著半睜的浮腫雙眼走進浴室，打開蓮蓬頭。擠出洗髮精開始洗頭，這時卻發現腋毛一根根冒了出來。

「你長得還真快啊，唉。」

她又擠出一坨沐浴乳，雙手搓了搓後，用超商買的拋棄式刮鬍刀快速刮掉了毛。今天尤其看這些多到數不清的體毛格外不順眼。就在貞雅快速刮掉腿毛時，不小心刮傷了左膝下方。

「啊啊！」

貞雅用蓮蓬頭沖掉滲出的鮮紅血滴，每當水柱碰觸到傷口，都會刺刺痛痛的，過沒多久周圍就起了紅疹。為什麼今天老是注意到平常也沒在刮的腿毛呢？貞雅瞥了一眼鏡中的自己，用毛巾包住頭髮走出浴室。她以手指點了點書桌上的手機，確認鎖定畫面上的天氣預報，喃喃自語道：

「二十四度，晴朗。」

這是個如果穿上春秋裝，中午會覺得有點熱但不至於出汗，但如果穿夏裝，晚上又會覺得有點涼、冒點雞皮疙瘩的天氣。

「好，就決定是你了！」

貞雅穿上涼爽的夏裝，站在鏡子前，看到自己比想像中更好看，不由得露齒一笑。把散落在床上的春秋裝和棉被大致整理一下後，貞雅把關機的手機放入校服口袋。

「黃貞雅！好好度過剩下的高一生活吧！」

上學途中，貞雅一邊感受著輕輕拂過髮絲的微風，一邊用耳機聽著嘻哈樂。雖然不太懂嘻哈這個類型，但在觀看選秀節目時產生了興趣。貞雅踩著輕快的腳步，愉快地哼起歌來，心情也跟著輕飄飄的。

就在這時，有人撞了貞雅一下，導致她失去重心摔在地上。

「沒事吧？」

是班長時宇。他有著白皙的皮膚，一雙難以相信沒有雙眼皮的大眼睛，以及光看著就會不由自主漾起微笑的臉！而且他功課又好，是全校學生會長最佳人選的說法早已傳遍整個學校。奇怪的是，貞雅只要看到時宇，就會忍不住露出笑容。

「哎呀，左邊膝蓋受傷了。」

貞雅從來沒有這麼近距離看時宇，她不好意思直視時宇的眼睛，支支吾吾說地：

「哦哦，沒有啦！不是因為你……」

「抱歉，老師叫我，我急著過去才……」

貞雅的臉猶如染紅的楓葉，她用手遮住雙頰感受到的熱氣，走進教室。因為還沒決定座位，所以她陷入了苦惱。坐在最前面好像太有壓力了，坐最後面感覺又看不清楚黑板，最後貞雅選了第二排的中間。

「各位同學，為了紀念開學，一週後要檢查服裝儀容，大家記住囉！」

時宇說著，在黑板貼上服裝和頭髮規定的公告。怎麼連把公告貼在黑板上的樣子都如此帥氣呢？心臟啊，你安分一點！貞雅用雙手緊緊按住胸口，對自己喊話。班上同學看到黑板上的公告，都抱怨連連：

「吼，超嚴格的，不能化妝，還規定裙子長度。」

「我們學校真讓人傻眼欸，最近明明就有很多學校取消了服裝規定。」

「氣死了，染髮、燙髮也都不行，幹麼迫害大家的自由啊！」

貞雅拿出隨身鏡湊近頭髮照了一下。貞雅的髮色是褐色，不是單純的褐色，而是接近金色的褐色，所以每次老師都誤會她染頭髮。

「那怎麼辦，我原本的髮色就是這樣啊！」貞雅低聲嘀咕著，將隨身鏡啪地一聲闔起來。

這時，時宇用手掌拍了拍黑板說：「同學，開學典禮要在禮堂舉辦，大家現在都去禮堂吧。」

孩子們紛紛離開教室，貞雅也緩緩移動步伐，這時後頭傳來熟悉的聲音。

「嘿嘿，小雅，妳又沒讀訊息了！我因為遲到，剛才被教務主任訓了一頓。」

「我不知道有訊息進來。趕快走吧，開學典禮要在禮堂舉辦。」

禮堂裡，教務主任正大聲吆喝要同學安靜，接著是校長無聊到不行的演講。不過貞雅還是很開心，因為她可以望著時宇站在最前方的部分剪影，時不時露出傻笑。第二學期的第一天，從一大早就有很好的預感，讓她悸動不已，心臟簡直要超過負荷，讓貞雅好不容易才平息下來。

她竟然就這樣和時宇相遇了！

「製造拋棄式刮鬍刀的工廠廠長，謝謝您！我那茂盛無比的腿毛啊，謝啦！」貞雅在心中拍手大喊，對世上的一切都充滿了感謝。

隔天在學校，貞雅的眼睛和耳朵也只為時宇而開。她瞄了一眼，再偷瞄一眼，彷佛成了固定的天線，所有頻率都只向著時宇。

「今天要分配座位。因為一直換很麻煩，所以這次座位會維持整個學期喔。」

聽到老師的話後，學生們都站成一排抽籤，貞雅也懸著一顆心站在後面。她忐忑不安地緩緩打開紙條，拿到的是二號。海秀看了貞雅的號碼後，咯咯笑了。

「在最前面耶！我是第三大排的最後面。小雅，看來妳要用功一點囉。」

「李海秀，妳安靜點啦。」貞雅低聲嘟囔了一聲，走到最前面的座位坐下。

時宇假裝看著坐在後面的海秀，身子靠在置物櫃上打開了紙條。終於，他將身體離開置物櫃。如今箭以離弦，貞雅將臉轉向前方，雙手緊緊握在一起，內心唸起咒語：拜託、拜託……讓我和時宇坐在一起！

「哦，嗨！」

時宇將書包掛在隔壁座位上。哇，這怎麼可能，竟然就在我旁邊！這已經不是偶然或緣分，真的是命運！命中注定！話說回來，時宇就連聲音都好好聽。貞雅瞄了一眼旁邊的時宇，一和貞雅對上眼，時宇就笑了。看到時宇的笑容，貞雅就彷彿有冰淇淋在嘴巴裡融化般，連心也融化了。時宇又笑了。呃，時宇的笑容箭矢不偏不倚地射中了貞雅的心臟，如今貞雅無法擺脫時宇了。

寒假啊，請你不要來，我希望永遠都是一年級。貞雅暗自發出哀嘆，同時為了維持表情而滿頭大汗。

2

貞雅覺得理化好難喔。

什麼冰點、熔點。為什麼專有名詞這麼多？貞雅呆呆地在課本上的兩個名詞上畫了圈。水的冰點和冰的熔點是零度。水在零度以上是液體，到了零下就變成固體。那在零度的時候呢？貞雅直勾勾地盯著坐在旁邊唸書的時宇。也不知道是不是有心電感應，時宇轉過了頭。貞雅眨眨眼睛，趕緊向時宇搭話。

「問你喔，水在零度時是冰凍的狀態，還是融化的狀態？」

「啊，零度時有可能是水，也可能是冰，或者是水跟冰參雜在一起。」時宇看著貞雅，笑瞇瞇地說。

時宇的笑容每次都會讓貞雅內心小鹿亂撞。貞雅也害羞地露出微笑。雖然內心已經整個人呈現傻笑狀態，整張臉的神經細胞都快繳械投降了，讓貞雅費了好大力氣才能控制顏面神經。忍住，不要笑得像個花痴，不要失去平常心。不要看起來很隨便，要維持撲克臉。不，就維持在中間就好！貞雅突然想起媽媽說的：「就算只走到中間，也等於完成一半了。只走到中間也沒關係。」

有個身為家庭主婦的媽媽、在市政府上班的爸爸，貞雅生於一個算是平凡的家庭。既沒什麼大問題，但也沒什麼特別之處，所以父母也沒期望貞雅什麼，總是要她想做什麼就去做。

但貞雅覺得這件事好難。若留了長髮，就會覺得短髮好看；但剪短了又會開始羨慕起長髮。如果剪了個不長不短的髮型呢，就又進入「尷尬期」，頭髮在肩線上翹得亂七八糟。貞雅覺得「中間」真是棘手。

十與一，彷彿在替貞雅訴說因時宇而不受控的心似的，在零上與零下的交界來回的冬天來臨了。

那是期末考結束後，寒假即將到來的校慶，天空下起一觸及地面就會失去蹤影的細細薄雪。海秀高興地搖來晃去，用身體做出柔軟的波浪形動作。

「舞蹈社果然就是不一樣！」

「小雅，等會要好好看我跳舞喔！」

「知道啦！」

現在是才藝表演的時間，大家都去禮堂看表演了。海秀走向舞臺準備跳舞，貞雅則不停東張西望，想著時宇什麼時候會來。這時，她與走進禮堂的時宇恰好對上眼。時宇朝貞雅走來。

「旁邊是空著的嗎？」時宇站著，臉上露出淘氣的笑容。

「不是哦。」

「那我可以坐妳旁邊嗎？」

「嗯！」

或許是校慶的燈光使然，時宇看起來更耀眼了。貞雅的心臟要比稍早前跳得更快了，感覺心臟聲好像會被時宇聽見，因此她輕輕、慢慢地吐出鼻息。這時海秀正好在舞臺上現身。還是先專心替海秀加油吧。

貞雅一把推開椅子站了起來，嘰咿，絲襪卻被椅子邊緣勾住脫線了。貞雅嚇得連忙用手遮腿，時宇見狀，脫下了自己身上的毛衣遞給貞雅。

「用這個遮吧。」

貞雅小心翼翼地撫摸時宇的毛衣，感覺好柔軟。她的臉上不禁浮出笑容。

「貞雅，今天放學後要不要一起搭公車？」

「嗯，好啊！」

校慶結束後，開始下起鵝毛大雪，沒帶雨傘來的貞雅頓時慌了手腳。

「啊，我沒帶雨傘耶。」

時宇笑著打開雨傘。「我有，一起撐吧。」

兩人共撐了一把傘。竟然一起撐傘，感覺時宇的呼吸聲聽得更清楚了，貞雅的臉也跟著發燙起來。兩人一步步踩著發出窸窣聲的白雪，走向學校前的公車站。

「公車來了。」

真不想就這樣離開。

貞雅急得咚咚直跺腳，情急之下，隨便說了一句：「人太多了，搭下一班好了。」

其實她原本想說的是，「我喜歡你」。

「喔，好啊。」

天上飄下了好美的雪，這時正好公車站牌沒有半個人。如果不是今天，不知道什麼時候還會有勇氣！貞雅握緊了雙手。

「那個……」

「嗯，怎麼了？」

感覺心臟快跳出來了。貞雅將身體轉向時宇後，閉上眼睛做了一次深呼吸。本來就快緊張死了，加上天氣寒冷，抖得就厲害了。貞雅的身體在抖，內心也在顫抖。

「我……我喜……喜歡你。我們……要不要交往？」

感覺不到周圍有任何動靜。啊，搞砸了。時宇啊，拜託你說點話吧。呃，這下怎麼辦……貞雅的腦中迸出了一個又一個念頭。可是眼下還是得先收拾局面，所以貞雅緩緩睜開左眼，接著也睜開右眼。可是，時宇卻在笑，而且還一邊點頭。大雪下個不停，轉眼間，整個世界已被白雪覆蓋。

3

寒假不知不覺地到來，又過了一個禮拜，這也表示貞雅已經一個禮拜沒見到時宇了。雖然每天都會和時宇聯絡，但根本就不夠。貞雅好想親眼見到時宇。她一邊看題庫一邊抓頭髮，忍不住悄悄將手伸向了手機。在滑YouTube時，「歷代電視劇吻戲大集合」的標題擄獲了貞雅的目光。她嚥了嚥口水，點下影片。

畫面中的兩個主角先是牽起手，慢慢靠近彼此，接著嘴脣碰到了嘴脣。兩個柔軟的嘴脣稍稍分開後，主角深情凝望彼此，然後像是捨不得就此道別似的，分開的兩個嘴脣再度交疊。嘴脣與嘴脣先是往上，後來又往下，就這樣來來回回……貞雅腦中浮現時宇的身影，心臟撲通跳個不停。

或許時宇和我也……

貞雅更想見到時宇了。她搓了搓手指，打開聊天視窗，將訊息刪刪寫寫，最後終於傳了出去。

—你明天要做什麼？

—在家唸書，怎麼了？

—喔，想問你要不要去看電影？

—那等唸完書，五點左右一起去看電影？

貞雅將嘴脣貼在手機上猛親，感覺自己就快飛起來了！貞雅享受著彷彿飄在空中的心情，躺在床上用雙腳連連拍掌，這時媽媽敲了她的房門。

「女兒，出來吃水果吧。」

她踩著跳舞般的步伐走到客廳。

「咦……爸爸還沒回來嗎？」

「說今天公司有聚餐。」

這時手機振動起來，是時宇傳來訊息。

—我訂了電影票，明天五點二十分前在電影院入口見。

貞雅吃水果時都在和時宇傳訊息。想到自己有這麼帥氣的男友，忍不住得意起來。貞雅連水果已經吃完了都沒發現，還不停把叉子往空盤插，同時忙著和時宇聊天。直到她回過神來，去了一趟廁所，看到映照在鏡子裡的臉，才忍不住大吃一驚。天啊，自己竟然笑得像花痴一樣。

這不是在作夢吧？貞雅用大拇指和食指用力捏了一下臉頰。

「啊啊！」

疼痛感竟然讓人這麼開心，貞雅用雙手揉了揉發紅的臉頰，接著一邊點頭，一邊在牙刷上擠上牙膏。刷牙的同時，她回到房間內打開衣櫃，苦惱著該穿什麼好，導致泡沫都從嘴巴溢出，沿著嘴唇流到了下巴。貞雅嚇得趕緊衝回廁所漱口，結束刷牙。

貞雅拿著衣服站在鏡子前不停比來比去，直到凌晨才決定好要穿象牙白襯衫配牛仔褲後，才心滿意足地去睡覺。但一想到電影約會，貞雅實在太興奮了，翻來覆去好久才總算入睡。

可能是太晚睡了，貞雅睡過了頭。她匆忙做好準備，確認天氣。零下兩度，是得穿羽絨外套出門的天氣，但穿上羽絨外套後照了照鏡子，又覺得哪裡不太滿意。猶豫了一會兒，貞雅脫下羽絨外套，換上長大衣，終於看著鏡子露出微笑。她又整理了一下劉海，才慌忙帶上東西出門。在穿越呼嘯的冷風奔馳時，她不禁後悔，早知道就穿羽絨外套了。貞雅再次感受到今年冬天比想像中更冷。她看了一下手機，發現時宇傳來訊息問她在哪。貞雅覺得自己會比約定的時間晚一點到，於是傳訊息給時宇。

—我好像會晚點到，你要先進去嗎？

五點三十分，時宇站在電影院入口看著手錶。貞雅慌慌張張地跑向時宇，時宇有些不悅的提高音量。

「妳遲到了十分鐘耶，不是約好二十分見面嗎？」

貞雅偷瞄著時宇的臉色，小聲地說：「我有傳訊息說會遲到啊，你就先進去嘛。」

時宇板起了臉，用比剛才更激昂的語調說：「這是遲到的人該說的話嗎？」

「沒有啦，我是為了討你開心，衣服挑著挑著……」

「做錯事就道歉，不要辯解，這不是基本禮貌嗎？」

時宇瞪著貞雅，眼神十分冰冷，感覺好陌生，實在難以相信是她認識的人。時宇沒再說話，甩頭進了電影院，貞雅也嚇得緊跟在後頭。明明在看電影，卻什麼也看不進去。貞雅不停斜眼觀察時宇，就這樣繃緊全身的神經，直到電影結束。走出電影院時，尷尬的氣氛依然持續著。貞雅的手心全是汗，她看著時宇的臉色，一邊走向公車站牌，但很快就停下腳步。

「那個……對不起，從現在開始，假如我做錯什麼，都會跟你道歉，不會再辯解了。」

聽完這些話後，時宇才露出淺淺的微笑，摸了摸貞雅的頭，將粉色口紅放在她手中。

「謝謝妳跟我道歉。這是禮物，粉色口紅好像最適合妳。剛才本來要給妳的，但因為妳遲到，所以現在才給妳。」

「謝謝，還有對不起，真的……」

貞雅對時宇的愧疚更深了。下次她一定要更注意，不能讓時宇傷心！貞雅緊緊握著口紅並下定決心。這時，時宇問她：

「我可以牽妳的手嗎？」

「嗯！」

兩人前後擺盪著牽緊緊的手，走向公車站牌。一來到公車站牌，兩人便四目相交。咦？這令人心癢癢的氣氛是……貞雅連思考的時間都沒有，就聽見了時宇溫柔的嗓音。

「可以親妳嗎？」

「嗯？嗯……」

時宇走近貞雅，他的嘴脣朝貞雅的嘴脣而來。啾，貞雅腦中充滿之前看的「歷代電視劇吻戲大集合」片段。終於要嘗試初吻了嗎？聽說初吻會聽見鐘聲，天使還會降臨呢，會是真的嗎？貞雅的心臟狂跳，快到讓人懷疑心臟居然能跳這麼快的程度。就在即將探入時宇軟綿綿嘴脣的剎那，兩人的牙齒撞了個正著。

「啊！」

貞雅小心翼翼看著時宇，時宇也露出難為情的表情看向貞雅。貞雅全身的細胞上下一條心，說著下次一定要來場更完美的儀式。

遠遠看到時宇要搭的公車駛來，貞雅指著公車說：「公車來了，趕快準備上車吧。」

「我送妳上車後再走。」

「不用啦，你搭的公車不是半小時才有一班嗎？我的公車兩分鐘後就來了，趕快上去吧。」

「那我就先走了！啊對了，黑色衣服真的很適合妳。」

時宇留下這句話後就上了公車，在公車上也一直向貞雅揮手。時宇搭的公車離開後，貞雅回想起今天的種種失誤，嘆了口氣。沒辦法報答時宇珍貴的心意，讓她覺得自己變得無比渺小。貞雅下定決心，下次要更小心，多配合時宇，接著拋開惋惜的心情，搭上回家的公車。

4

寒假轉眼就結束了。升上高二後，貞雅和時宇被分在不同班。雖然兩人不時會找時間見面，還是覺得相當可惜。貞雅為此經常提早到校去見時宇。雖然早起很痛苦，但只要能見到時宇，這點小事還是可以承受的。

兩人會一起度過午休時光，在他們偶然發現的祕密場所，也就是學校建物後的空地。因為是在大樹後頭的小小空間，所以不太容易被注意到。

「啊，真討厭開學！」貞雅將臉靠在時宇胸口，像在說悄悄話般輕喃。

「我反而很喜歡開學耶。」

「為什麼？我好想在家裡滾來滾去！你喜歡開學？」

「嗯，比較自由啊，家裡太悶了，待在家就像被關在監獄一樣。跟妳說喔，最近又變本加厲地不時侵犯我的領域了。真是討厭。」

時宇偶爾會說些讓人摸不著頭緒的話。每次這樣說時，他的眉頭就會互相靠攏，雙眼直視前方。貞雅都會被時宇這種冰冷的表情嚇一跳，不敢看他。

貞雅將目光放在鞋子上說道：「嗯？是說我嗎？」

「不是，不是妳。是我爸常這樣說……真沒想到我會說出這句話啊。」時宇兀自露出苦笑。他撫了撫貞雅的頭髮，又說：「妳有打算染成黑色嗎？每次檢查頭髮時都要跟老師解釋，不是很麻煩嗎？」

「是喔，但我喜歡這個髮色耶。」

「試試看嘛，黑色感覺最適合妳，我有固定去的美容院，我替妳預約！」

時宇拿出手機，預約了美容院。

「先讓我考慮一下嘛……」

時宇盯著貞雅，打斷了她的話。

「今天放學後一定要去。話說回來，妳怎麼沒擦我送妳的口紅？」

他問得這麼單刀直入，貞雅頓時慌了手腳。看到時宇冷冰冰的表情，貞雅瞬間整個人凍住了。該怎麼回答呢？要是說自己一早太慌亂，所以帶了其他口紅出門，時宇應該會很失望。貞雅只好胡謅一通。

「啊，我想擦看看橘紅色！」

「貞雅妳最適合粉紅色。」

不是該說橘紅色也很適合嗎？一般男女朋友，不是對方做什麼都會說很棒嗎？貞雅失望地嘟起了嘴。但她應該立刻收回表情才對的，因為時宇的嗓音又低了一階。

「我是想著妳才買的，感覺很差，看來我不該送的。」

「啊……其實是我急著出門，才沒帶到你送我的口紅。」

「那妳為什麼說謊？一開始就說實話不就好了？」

「那個……我怕你失望啊。」

「我覺得說謊是最差勁的，再也不要說謊了。」

「對不起，以後不會這樣了。」

這件事有需要這麼生氣嗎？不，說謊才是不對的。貞雅非常自責。不過道歉後，時宇的心情似乎化解了一些。什麼時候才能不讓時宇受傷呢？貞雅總覺得自己最近老是在看時宇臉色。

天氣似乎慢慢轉涼了，貞雅拉上外套拉鍊，偷偷看了看時宇，時宇的黑眼圈好像格外地深。

「時宇，你累了嗎？」

「其實昨天我媽睡不著，我在客廳跟媽媽聊了整晚，所以沒睡好。」

「發生什麼事了？」

「也沒有啦，就是……我爸如果晚回家，我媽就會不安。」

「好神奇，我媽就算我爸因為聚餐晚回家也無所謂耶。」

「因為爸爸是機師，就算說是因為飛行而晚回家，媽媽也會不斷打電話、在家等爸爸，說是因為愛才會擔心。」

因為愛才會擔心，這句話也沒錯。貞雅認同地點點頭。但是，我媽媽就不愛爸爸嗎？好像也不是。愛這玩意，真是難啊！貞雅搔了搔頭。

噹噹噹，鐘聲響起，兩人回到了各自的班級。

貞雅去了時宇介紹的美容院。時宇的話從來沒有出錯過，所以一定會很適合自己。貞雅暗自說服自己，打開美容院的玻璃門。

「請問是黃貞雅嗎？是要染成黑色吧？」

聽到設計師的提問，貞雅垂下目光回答：「喔，對……」

設計師一邊調染色劑一邊走向貞雅，接著用刷子沾滿染劑後，唰，一把塗在貞雅的頭髮上。黏答答又冰涼的液體慢慢覆蓋貞雅整個頭，感覺就像吃了沁涼的冰棒，腦袋瞬間凍結。

不久後，設計師用吹風機吹乾了貞雅濕漉漉的頭髮。

「完成了。」

貞雅照了鏡子，心想著原來頭髮還可以變得這麼黑啊。她壓抑住一種不知名的微妙情緒，試圖用手摳掉沾在左側臉頰上的染劑，可是卻弄不掉了。

隔天，貞雅一如往常在午休時間來到空地。先到的貞雅靠著樹幹，用耳機在聽嘻哈樂，不一會兒，時宇揮著手走向貞雅。

「果然黑髮很適合妳耶。」

「我覺得有點怪耶……」
「才不會！真的比原來的髮色漂亮多了，膚色也看起來更明亮。」
「是喔？太好了，如果你開心，那我也開心！要一起聽歌嗎？」
時宇點點頭，貞雅將一邊耳機交給時宇。時宇聽到是嘻哈樂後，表情僵住了。
「歌曲有點難懂，我不太喜歡。」
「怎麼會？聽了不覺得很開心嗎？」
「大家不是都對唱這種歌的人沒什麼好印象嗎？」
「嗯……也不是所有人都這樣想啦。」
「通常不都這樣嗎？我討厭聽這種歌，這些人竟然還跟我享有相同待遇。貞雅妳對我來說太珍貴了，希望妳可以只聽好音樂，這都是為了妳好。」
「可是我覺得嘻哈也是好音樂啊。」
空氣逐漸沉重，微妙的拉鋸戰導致緊張感達到最高點。貞雅伸直手臂，緊緊抓住了裙襬，總覺得這次不想讓步。宣告午休時間結束的鐘聲響起，兩人迴避彼此的眼神，各自回到了班上。
每到下課時間，時宇就用 KakaoTalk 傳連結給貞雅。

—妳聽聽看這個。

—歌詞好美！唸書唸累時，聽了就會有力氣。

回家時，貞雅把時宇推薦的抒情歌存入播放清單，但只聽幾首就覺得好無聊。貞雅覺得抒情歌並不適合自己，但仍努力聽聽看，因為時宇說的那句「貞雅妳對我來說太珍貴了」一在耳畔縈繞不去。貞雅忙著想東想西，根本沒去查看手機。

—妳在幹麼？

—怎麼沒有回答？

—妳在做什麼？

—我問妳在做什麼！

時宇傳來了一大串訊息。

—對不起，我現在才回到家。

—妳做了什麼？

—我聽了你推薦的歌，所以才沒回訊息。

—訊息要立刻回覆，十分鐘內。妳害我很擔心妳。明天學校見。

貞雅用雙手摀住了臉。最近老是為了聯絡的問題起衝突，唉。這種得立刻回覆的壓迫感，讓貞雅嘆氣連連。

5

週末到來，時宇說要唸書，約貞雅在圖書館見面。兩人並肩坐在圖書館的座位上。時宇翻了翻書包，拿出一本筆記本，封面以黑色粗體字寫上「貞雅讀書計畫」。

貞雅歪著腦袋納悶道：「這是什麼？」

「喔，是為了讓我的貞雅好好唸書啊！」

時宇要貞雅花一個小時把筆記本上的內容都背下來，再把它們寫在A4紙上。

「我做不到……」過了一小時，貞雅連一半都沒背完。「時宇，這太難了……」

「不會，妳辦得到！再給妳一小時。」

過了幾小時，貞雅還是沒能把內容背熟。

「連這也背不起來？這樣怎麼跟我上同一所大學？我們要上同一所大學才能黏在一起，才會變幸福啊！」

「對不起……」

時宇每到週末就拉著貞雅去圖書館，如果沒把筆記本上的內容都背好，就不讓她休息，也不能吃東西。

「好歹讓我喝個水吧……」

「背都背不起來，還吃什麼東西？我也是這樣唸書的，趕快背吧。」

雖然說得沒錯，但貞雅覺得要跟上時宇的計畫實在好吃力。她也希望自己很會背書，這樣就不必再看到時宇冷冰冰的眼神，可是不靈光的大腦根本不聽話。為什麼我老是有這麼多不足呢？貞雅已疲於面對這種得看時宇臉色的情況，甚至害怕週末到來，上學時反而還比較好。

終於來到平日，可以去上學了！自己竟然這麼期待去學校，貞雅鬆了好大一口氣。第一堂課、第二堂課、第三堂課、第四堂課，就這樣上午的課結束，來到午休時間。貞雅就像要被拖去屠宰場的動物，沉重地拖著室內拖鞋前往空地，看到時宇靠著樹木站著。

「妳為什麼笑？」

「嗯？什麼？」

「我問妳為什麼看著別的男生笑。剛才下課時間我拿點心給妳時看到了，妳很開心地在跟其他男生說話。」

怎麼回事？什麼時候？貞雅很努力回想今天的事，但想來想去都沒有啊。啊！她想起自己弄掉了橡皮擦，坐在前面的敏雨替她撿起來，所以她笑著對他說謝謝。

「那是因為敏雨替我撿橡皮擦。」

「敏雨？都已經不連名帶姓的叫了啊。總之，妳看著他笑了對吧？那我要不要也看著其他女生笑？這樣妳會開心嗎？」

「不是這樣……」

咻——涼颼颼的春風吹過貞雅和時宇身旁。貞雅覺得時宇俯視自己的目光很有壓力。最近他經常露出冰冷的眼神，而貞雅很清楚自己這一刻必須做什麼。沒錯，她必須道歉。

「是我錯了……」

她有和敏雨摟摟抱抱還是接吻了嗎？又不是帶有什麼私心才笑的，為什麼我要道歉？雖然覺得委屈，但仔細想想，時宇說的也沒錯。是我錯了，是我做得不夠好，我應該好好對待時宇。我為什麼這麼差勁？貞雅一次又一次把從心底的話按下去。

最近貞雅不怎麼聽歌了。因為不能為了聽歌而沒看時宇的訊息。只要時宇傳來訊息，她必須無條件在十分鐘內回覆。在時宇說「晚安」前，她的手機不能離手，也不能先睡。在學校時，她也不跟男生說半句話，因為要是時宇經過時看到說不定會誤會。貞雅得在學校就把時宇要求她背的東西背得滾瓜爛熟，雖然很痛苦，但要是平日就能背好，週末就不會那麼累了。頭髮只要稍微長長一些，她就會把髮根染成黑色，因為時宇喜歡黑髮。她把象牙白的衣服全部收進衣櫃深處，把黑色衣服往前擺，放在伸手就能拿到的地方，因為時宇說她最適合黑色。

在這之後，貞雅都沒有和時宇吵架，就這樣過了一天、兩天、一週、一個月，一切都很完美。

6

隨著地氣裊裊上升的夏日到來，貞雅感到不太對勁，有某樣東西在體內沸騰，從深處湧了上來，令她有想哭的衝動。為什麼老是感覺自己變得好萎靡？是因為夏天到了嗎？最近貞雅多了好多思緒。她看著書桌上的粉色口紅，心想著自己必須回覆時宇，不能超過十分鐘沒回，身體卻開始發抖。貞雅到處尋找著手機，手機卻從抽屜啪的一聲掉到了地上，她發出痛苦的呻吟，撿起掉在地上的手機。

—妳在幹麼？

—為什麼不回我？

—不是說好要保持聯繫嗎？

訊息不斷湧入。這時，海秀從後頭拍了貞雅一下。

「小雅，妳怎麼在發抖？」

「喔，因為我沒回時宇訊息，我應該在十分鐘內回覆的。」

「什麼，十分鐘？瘋了嗎？幹麼規定這種事啊？也可能有其他事要忙而晚回覆啊。小雅，妳都沒有私生活嗎？男女朋友之間也要保有私生活的！」

這一刻，貞雅終於感覺到哪裡出了差錯。雖然很混亂，但她已下定決心。她傳了訊息，約時宇在空地見面。

先抵達空地的時宇一見到貞雅就開砲。

「不是說好不能這樣了嗎？妳是故意的嗎？保持聯絡是最基本的，妳連這都做不到，我到底要忍到什麼時候？」

面對時宇的砲火，貞雅就像在迎接一場乾旱，全身乾巴巴的，逐漸燃燒起來。

「時宇，海秀說男女朋友之間也要保有私生活，每十分鐘聯絡一次並不是理所當然的，我們也……」

貞雅的話還沒說完，時宇彷彿噴火似的大吼：

「私生活？哈，海秀她在校慶時穿著破洞裝跳舞時，我就覺得她很奇怪了。她幹麼挑撥離間啊？她功課也不好吧？妳別跟她走得太近，對妳沒好處！」

按捺多時的委屈如潮水般襲來，最後沿著貞雅的喉頭往上逆流。

「你怎麼這樣說我朋友？還有，我想來想去都不覺得這有多嚴……」

「等等，妳是來真的？現在我可不是為了我自己，我也在體諒妳，也很容忍妳了，妳為什麼都不付出任何努力？如果妳要這樣，那就分手好了！」

被打斷了。時宇老是在貞雅想說什麼時打斷她，貞雅的話永遠無法穿越斑馬線抵達時宇面前，因為永遠是紅燈。綠燈從一開始就不存在。但這次，貞雅打定主意要闖紅燈，就算沒辦法走到對面，即使被奔馳的車子撞上而痛苦不堪，只要那輛車能讓自己飛得遠遠的，就算渾身是血也無所謂。

「那……就分手吧。」

「什麼？妳說什麼？妳是認真的？」

「我怎麼想都覺得這樣不對。」

毒辣的夏日豔陽炙烤著空地，貞雅用手擦拭在額頭上凝結的汗珠。

「真的太累了，我喘不過氣來了。」貞雅彷彿燃燒殆盡的灰燼般，有氣無力地說。

聽到這些話，時宇似乎受到很大的打擊。

「我沒有妳就活不下去！妳別這樣，妳討厭我了嗎？」

見到時宇痛苦的扭曲表情，貞雅不由得心軟，她搖了搖頭。

「如果不是討厭我，我會配合妳的，我們不要分手好不好？剛才我是在氣頭上，絕對不是真心話。」

我會配合妳。聽到這句話，貞雅的心動搖了。時宇突然捧住貞雅的臉，吻上她的嘴脣。時宇的舌尖鑽入了貞雅的嘴巴，這種觸感太令人不快了，貞雅用力推開時宇。

「你在幹什麼！」

這段關係從某處開始就徹底走錯了，每分每秒都覺得有一側鼻孔塞住了，只用單側鼻孔在呼吸。不，有時覺得兩側都塞住了。貞雅這才意識到自己原來的模樣。

貞雅的眼中看見了沒有剪短的指甲。失去活力的死亡細胞長得又尖又長，要是不剪短指甲，費力長出的指甲遲早會斷裂。此時，正是使用指甲剪的時刻。

貞雅掉淚著說：「我們，還是分手吧……」

雖然步伐沉重如鉛塊，貞雅仍使盡全力往前走，一步、兩步地從時宇身邊走遠。

若是這樣為這場戀愛畫上句點，和時宇的關係就會化為一段朦朧美好的記憶。但無數封長篇訊息卻如潑灑而下的炙熱陽光，不斷湧入貞雅的手機，內容多半是哀求貞雅復合。

—對不起，回到我身邊吧。

—妳不要這樣對我。

—不然就再見一次面，好好分手吧。

—那會更痛苦的。

—最後一次，就見一次。

貞雅也覺得這樣分手不夠俐落，所以決定和時宇見面，展現自己果斷的決心。

貞雅前往空地去見時宇的路上，陽光格外毒辣，樹葉似乎也快招架不住了。貞雅記得，每當陽光照下時，時宇都會舉起手替貞雅的臉遮陽。

抵達空地時，時宇走向貞雅，看到他消瘦憔悴的模樣，貞雅於心不忍。時宇以熱切的眼神望著貞雅。

「怎麼瘦成這樣?有吃午餐嗎?」

是啊，時宇總會連這些小細節都細心呵護。必須在這個充滿快樂幸福回憶的地方畫下最後句點，貞雅覺得好殘忍，她的雙眼開始泛起漣漪，很快就蓄滿了淚水。

「我們復合吧。」時宇目不轉睛地望著貞雅，低聲道。

聽到這句話後，貞雅頓時清醒過來。不，絕對不能被那副沉靜的嗓音所動搖，貞雅重重地舒出一口氣，接著睜大了眼睛。

「你一直這樣的話，我真的很累。」

「貞雅，我喜歡妳，妳不是也喜歡我嗎?別這樣，我們復合吧，我會對妳好的，嗯?」

貞雅靜靜望著時宇的眼睛心想，不能再被那雙烏黑晶瑩的眼睛欺騙了。只要和你在一起，我就好像不再是我，而我想當我自己，因為你想要的我，並不是真正的我。我再也不想了!我不想讓自己的顏色消失!貞雅在內心大喊，雙手插上了腰際。

就在她要果斷開口的那一刻，左手大拇指與食指指甲不停嗒嗒碰撞，持續大口吐氣的時宇，突然激動地瞪著貞雅。

「為什麼要分手?不行，我絕對不分!」

就是那種眼神，就是那冰冷可怖的眼神，令她恨之入骨。我必須保護自己，分手才是解答。貞雅暗自下定決心，正視時宇。

時宇冷靜地用指尖整理劉海後，露出了微笑，但眼皮下方不停在顫抖。

「妳再考慮一下，我們以前不是很開心嗎？」

「我們真的結束了，我要走了。」

說來奇怪，看到那充滿違和感的笑容後，貞雅的內心變得更加篤定。以後別再以愛為名，犧牲自我了。貞雅整理好心情後，轉身要離開空地，可是就在經過時宇身旁的那一刻，時宇一把扣住了貞雅的手腕。

「放手。」

時宇無視貞雅要他放手的話，緊緊摟住貞雅。

「妳到底怎麼了？妳不是這種人啊。」

這種人？這種人到底是什麼？貞雅整個人感到虛脫。以前是因為喜歡時宇才體諒他，試著理解他，可是這份心意也連帶被當成凡事迎合的傻瓜般的存在，導致她成了「這種人」。

貞雅使出全身的力氣甩開時宇，一回到教室就立刻趴在桌上。淚水很快就盈滿眼眶，浸濕了雙臂。貞雅不停輪流用雙手抹去淚水，直到雙眼都紅腫起來。手機持續在貞雅口袋中震動，時宇還在不斷傳來訊息。

7

暑假轉眼間來臨了。暑假的第一天下起了滂沱大雨，甚至雪上加霜地颳起狂風，大到眼睛都快張不開。緊抓著雨傘回家的貞雅嚇了一大跳，時宇也沒撐傘，就這麼站在她家門口，任由風吹雨淋。

「貞雅，昨天我很抱歉。」

「你到底為什麼要這樣？」

時宇身上的雨水滴個不停，但他絲毫不以為意，將巧克力盒遞給貞雅。看到時宇的狼狽模樣，貞雅帶著複雜的心情將自己的雨傘遞給時宇。

「撐這把傘回家吧。還有，別再來了。」

「知道了，那至少這個……」

貞雅對時宇遞出的巧克力視而不見，匆匆進了家門。滴滴答答，雨聲不停敲打窗戶。要是雨不下，就會造成乾旱；雨下得過多，又會形成洪水。要是介於中間，既能滋潤大地，又能讓大自然喘口氣就好了，那麼，我和時宇的中間會是什麼呢？貞雅徹夜輾轉難眠。

早晨來臨，雨後的耀眼陽光更加明亮乾淨了。貞雅打開窗戶，抬頭仰望天際並甩了甩頭，想把昨天的事拋在腦後。

可是隔天，還有隔天，時宇都站在家門前。唉，貞雅重重嘆了口氣，為了避開時宇，她從大樓後側的停車場進了家門。

未接來電二十通

崔時宇

貞雅看著手機螢幕上顯示的未接來電，狠下心想這次真的結束了，再也、再也不要被打發過去。她決心要守護自己，按下時宇手機號碼旁的封鎖鍵。

隔天，時宇並沒有站在家門口。總算結束了啊。貞雅暗自鬆了口氣，走進了大樓，帶著略為輕鬆的心情搭乘電梯上樓，按下家門的密碼。可是打開門後，卻發現玄關擺著似曾相識的鞋子。這時媽媽滿是笑意地說了：

「貞雅，妳男朋友來家裡玩了，聽說你們約好今天要見面？你們在這玩，媽媽去買個菜，馬上就回來。」

「這是什麼意思……」

貞雅話還沒說完，媽媽就打開門出去了。一打開房門，只見時宇笑著揮手。

「妳回來啦？我好想妳。貞雅，妳從小就好漂亮喔！」

時宇手上拿著相簿。他這是在幹麼？貞雅既傻眼又感到荒唐。她二話不說就奪走時宇手上的相簿，放在書桌上，用手撫著額頭並嘆了口氣。接著，貞雅直視時宇，拉高了音量。

「你在做什麼？我們分手了，拜託你別這樣。」

不管貞雅說什麼，時宇都不為所動，只是直勾勾地看著貞雅。

「哦？妳擦了我送的口紅，真好看。」

貞雅慌忙地伸出手碰觸嘴脣，然後用雙手使勁地抹掉口紅，粉色口紅在嘴脣周圍糊成了一片。她當著時宇的面取出放在抽屜的粉色口紅，扔進垃圾桶。

「以後我再也不會擦這條口紅，也不會再見你。請你立刻出去。這是跟蹤，很嚇人的好嗎？你再這樣我就報警了！」

如此撂下狠話後，時宇再也沒有跑來找貞雅。

貞雅一邊刷牙一邊看著鏡子，內心想道：貞雅啊，妳之前過得太痛苦了，分手是正確的決定，辛苦妳了。貞雅的心中已經不再留存半點餘情。呸，她吐掉了和唾液混合後變得黏稠的牙膏，接著漱了口。一次、兩次、三次、四次、五次，結束！

「真清爽。」

貞雅將牙刷插在杯子裡，走出廁所。

8

漫長的暑假過去，高二的第二學期[7]開始了。

貞雅看了一下手機。

二十四度，大致晴。

---

7 有別於臺灣，韓國在每年三月是第一學期開始的時間，第二學期則是從九月開始。

準備上學的貞雅擦上橘色唇彩，望著自己在鏡子裡的模樣。

「真好看，很適合我。」

貞雅開啟音樂APP，刪掉播放清單中時宇推薦的歌，再次填滿自己喜歡的歌。對嘛，這才是黃貞雅！貞雅仰望格外蔚藍晴朗的天空，露出微笑。

這天要選學生會長，學校的氣氛顯得很躁動。貞雅開學後都沒和時宇碰到面，直到三天前，她看到時宇在禮堂演說拜票為止。還以為自己現在真的都復原了，但實際聽到時宇的聲音，腦中又自動浮現可怕的記憶。不，現在結束了，再也不會見到面了。貞雅安撫內心的不安。

會長選舉的投票表上，一號寫著「崔時宇」，但看著這個名字，貞雅實在沒辦法在一號上頭蓋章。

發表會長選舉結果的時刻到來。

「崔時宇！」

那個名字透過禮堂四面八方的喇叭傳了開來，校長宣布新一任的學生會長誕生，身為主角的崔時宇走到臺上，整理了一下毛衣，露出開朗的笑容。那笑容充滿了違和感。

「各位同學，謝謝大家投我一票，我會好好表現的！」

大家應該不知道他的真面目吧。應該作夢也想不到，站在那上面的人有多死纏爛打、多可怕。貞雅全身起了雞皮疙瘩，雙手緊緊扭住裙襬。

學校宣布提前放學，貞雅將莫名忐忑的心情拋到腦後，走向廁所。她邊洗手邊照鏡子，發現不知不覺中長出了許多接近金色的褐髮，擠掉了原先染的黑髮。她心想自己該去染個髮，打開手機向美容院預約。

「請坐，妳是要把髮根染成黑色吧？」

聽到設計師這麼問，貞雅點了點頭。她坐在設計師引領的座位，望著鏡子。設計師拿著染劑來到貞雅旁邊，這一刻，貞雅望著鏡子中自己的頭髮，摸了摸占據一小塊空間、散發金色光澤的褐髮，心想，這才是我原來的髮色耶……

設計師正打算在頭髮上塗上染劑，貞雅趕緊搖搖手說：

「真的很抱歉，我想修一下頭髮就好。」

走出美容院的貞雅用耳機聽著歌，隨耳機流瀉而出的嘻哈樂哼起歌來，稍早前產生的不快感也稍稍消失了。是啊，我變堅強了，終於回到我的顏色了。軟綿綿的朵朵白雲好像伸手就能觸及。貞雅將橘色唇彩握在手中，隨著歌曲旋律前後擺動，在白色和粉色的人行道花磚上來回移動，踩著輕巧的步伐。就在快到家時，手機徹底沒電，歌曲也因此中斷。

「貞雅！妳去了哪裡，怎麼現在才回來？」

熟悉的聲音穿透耳機傳進耳朵，家門前出現了一個不該出現的身影。該不會……拜託不是，拜託不要是！但那個形體越來越鮮明。時宇再次站在了貞雅面前，咻——一陣風吹亂了時宇的髮絲。

「妳看到我當上學生會長了吧？我很棒吧！」

看到貞雅的時宇露出潔白的牙齒笑了，但他的眼睛下方和嘴角卻在微微顫抖。真是糟透了，看到那笑容的貞雅感到很不舒服，厭惡到打起了寒顫。

「你為什麼在這？」貞雅用一種連自己聽了都會嚇到的低沉聲調說道。

「我媽媽說，只要我成為學生會長，展現更帥氣的一面，妳就會回到我身邊，所以我真的很認真準備。」

貞雅既覺得憤怒，又感到毛骨悚然。她無法從對方身上找到對舊愛該有的禮儀。到底為什麼要跑來這裡？究竟為什麼、為什麼！我曾經喜歡的真的是這個人嗎？貞雅開始不耐煩。

「不是已經結束了嗎？」

「我們真的沒辦法復合嗎？我已經成為學生會長了啊。」

到底要折磨我到什麼時候，該怎麼做才能斬斷這段孽緣？雖然短暫苦惱了一下，貞雅卻找不到任何答案，可是有件事她可以確定，就是她再也不想見到時宇。貞雅的表情變得扭曲，彷彿見到了噁心的蟑螂。

「我到底要說幾次？不可能！我們之間結束了。當上學生會長又怎樣？」

聽到貞雅的話，時宇的淚水開始撲簌簌地往下掉，不一會兒就像個孩子般泣不成聲。這樣的時宇既令人噁心，也讓人害怕。

「不、不對……」時宇不停否認現實地自言自語，彷彿被什麼附身般。他突然用雙手使勁撕扯自己的頭髮，接著像是看到怪物般放聲吼叫，彷彿他的腦袋出了什麼差錯，導致發了瘋。

「呃啊啊！啊啊！」

貞雅雖然難以忍受，但並不想和那怪物般的生物變成同類。她竭力保持平常心，咬緊嘴脣深呼吸，然後說：

「你走吧……」

「呃啊啊啊啊！我真的不能沒有妳，我就只有妳了！」

貞雅忍無可忍，不由得怒火中燒。交往時她每件事都迎合時宇，為什麼連分手……不，是為什麼就連已經分手了，我都還得配合他？

十八歲的少女再也無法控制自己的情緒，心中沸騰的反抗心如火山瞬間爆發。名為憤怒的熔岩從內心深處湧現，通過內臟，沿著食道朝嘴巴外頭噴發奔流。貞雅終於也失去了理性，大吼道：

「啊——給我滾、滾開，我叫你滾開！」

聽到這句話，時宇的頭朝左右各扭了一下，頸椎發出喀的一聲。緊接著他喘起大氣，開始敲打自己的胸口，一直打個不停，彷彿連自己也無法控制。

「沒了妳，我就活不下去，我無法呼吸了，只有跟妳在一起時，我才能當自己，我無法放棄。」時宇哽咽著，從校服口袋拿出某樣東西。是刀子。

貞雅一見到刀子，頓時驚恐萬分，開始一步、兩步往後退。這是夢，拜託告訴我這是夢，貞雅想要否定現實，這情況太嚇人了。

「妳是我的！我的！」

時宇揚起刀子，一步一步緩緩逼近貞雅。

「答應我會待在我身邊！快點，拜託！不然我也沒辦法了！」
貞雅十分驚愕，是該勸阻他還是該逃跑？逃跑的話也會被他抓住吧？貞雅決定先勸阻時宇。她握緊手中的橘色脣彩說：
「知道了，我知道了，所以你冷靜。時宇，你把刀……」
分手為什麼這麼困難？自己真的分得了手嗎？究竟是從哪裡開始出錯的？貞雅膽顫心驚，全身抖個不停。此時的情緒是恐懼。向著貞雅的刀子鏘地一聲掉在地上，經過短暫的靜寂，時宇問她：
「那我們復合了對吧？」
「時宇，這……有點困難。」
「啊啊啊啊！妳不是答應要待在我身邊嗎！為什麼、為什麼要說謊？」
貞雅還來不及勸阻，時宇就撿起掉在地上的刀割破自己的手腕。貞雅過於震驚，以致握在右手的橘色脣彩應聲落地。時宇的手腕上開始滲出血滴，轉眼流到了地面。
「我沒辦法跟妳分手，絕對……」說完這話，時宇有氣無力地垂下了頭。
貞雅伸出顫抖的手，緊緊抓住時宇的手腕。這時，她看見時宇手腕上有尚未癒合、顏色或深或淺的好幾道傷痕。自殘？貞雅吃驚地打起冷顫，心臟狂跳不止。啊，不能再拖了，一一九……必須打給一一九，貞雅從時宇口袋中翻出手機。

未接來電九十通

媽媽

氣溫是二十四度，但或許是秋風的緣故，貞雅的雙臂冒出雞皮疙瘩，而鮮血逐漸染濕了她的雙手。

作家的話

世上沒有什麼是理所當然的，只有人才會自認理所當然。我們必須時時警惕，是否把不該理所當然的事，當成了理所當然。

想在心儀之人面前好好表現的心情，大家都是相同的，但當這種心情無限擴大，一不小心就可能變成無條件服從的軟弱之人，或搖身變成瘋狂執著的醜惡傢伙。回首過去，我曾經當過貞雅，也曾經當過時宇。

這篇小說對我意義深遠，因為它讓我笑得盡情，也令我哭得不能自已。在人生中，為非我所願的事而痛苦的日子要比想像中更多，因此，我希望人不要因為自己的選擇而痛苦。我對決定選擇寫作的自己滿懷感激。

假使閱讀這部作品後，各位能認知到此時面對的情況並非理所當然，也因此能做出往前跨出一步的選擇，我認為那便等於成功了。

我懇切地盼望，即使各位在前路停下腳步，也不會有倒下的一天。

譯者簡介——簡郁璇

替作者說故事的人，譯有文學小說《歡迎光臨休南洞書店》、《阿拉斯加韓醫院》、《鬱金香旅社》等逾百部作品。《關於女兒》、《地球盡頭的溫室》，以及繪本《爺爺的天堂旅行》、《怪獸特攻隊》、

臉書交流專頁、ＩＧ：小玩譯

成為怪物的孩子們／李玉秀（이옥수）、姜美（강미）、鄭明燮（정명섭）、朱元圭（주원규）、千誌允（천지윤）著 . 簡郁璇 譯 . -- 初版 . – 臺北市 : 時報文化，2025.6；208 面；13╳19 公分 . --（STORY；121）
譯自：괴물이 된 아이들
ISBN 978-626-419-439-6（平裝）

862.57　　114004788

※ 本書獲得韓國文學翻譯院（LTI Korea）補助。
This book is published with the support of the Literature Translation Institute of Korea(LTI Korea).

ISBN 978-626-419-439-6
Printed in Taiwan.

STORY 121
成為怪物的孩子們
괴물이 된 아이들

作者　李玉秀、姜美、鄭明燮、朱元圭、千誌允｜**譯者**　簡郁璇｜**主編**　尹蘊雯｜**執行企畫**　吳美瑤｜**封面插畫**　CLEA｜**封面設計**　FE 設計｜**副總編輯**　邱憶伶｜**董事長**　趙政岷｜**出版者**　時報文化出版企業股份有限公司　108019 臺北市和平西路三段 240 號 3 樓　發行專線—（02）2306-6842　讀者服務專線—0800-231-705．（02）2304-7103　讀者服務傳真—（02）2304-6858　郵撥—19344724 時報文化出版公司　信箱—10899 臺北華江橋郵局第 99 信箱　時報悅讀網—www.readingtimes.com.tw　電子郵件信箱—newlife@readingtimes.com.tw｜**法律顧問**　理律法律事務所　陳長文律師、李念祖律師｜**印刷**　家佑印刷有限公司｜**初版一刷**　2025 年 6 月 20 日｜**定價**　新臺幣 400 元｜（缺頁或破損的書，請寄回更換）

時報文化出版公司成立於 1975 年，1999 年股票上櫃公開發行，2008 年脫離中時集團非屬旺中，以「尊重智慧與創意的文化事業」為信念。